Kadokawa
Fantastic
Novels
9.5
歡迎來到實力至上主義的教室 2年級篇
Welcome to the Classroom of the Second-year
衣笠彰梧
トモセシュンサク

「如果是現在，也沒有其他人在看。」

一之瀨似乎經常在觀察周圍，
似乎判斷現在是絕佳的
大好機會。
她伸手勾住我的手臂並拍照。
「一開始那張我不會留在手機裡面……可以吧？」

坂柳有栖

椎名日和

9.5

歡迎來到實力至上主義的教室2年級篇

Welcome to the Classroom of the Second-year

9.5
衣笠彰梧
KINUGASA SYOUGO
トモセシュンサク
TOMOSESHUNSAKU
2年級篇
歡迎來到實力至上主義的教室
Welcome to the Classroom of the Second-year
Kadokawa
Fantastic Novels

contents

彩頁、內文插畫／トモセシュンサク

無可替代的日常

第二年。

在高度育成高級中學的第二次寒假揭開了序幕。

可以不用做任何特別的事情。

只要能——沒錯，只要能歌頌許多學生所體驗的假日就是最好的了。

充實的時光。

雖然平靜，但我剩餘的時間確實地正在減少。

我並不會對此感到焦慮。

因為光是能自由地生活到現在，已十分心滿意足了。

朋友。

戀人。

學長姊與學弟妹。

邂逅。

在形形色色的人們生活的校園中，我也一直逗留在這所學校。

接下來是延長賽。

我只是在被允許的範圍內，把握作為學生生活的時光，直到最後一秒。

然後是遲早會到來的——

離別。

今天並非是理所當然。

明天也並非理所當然。

必須理解每一天都是無可替代的日常。

寂寞的SONG

十二月二十四日。寒假第一天。

我早上因為有些奇妙的感覺而醒來。

「……作了個奇怪的夢啊。」

如此喃喃自語，同時緩緩地抬起上半身。

雖然只有一點，但我睡覺時似乎盜汗了。

平常不會太在意作了什麼夢。

無論是美夢或惡夢，即使傾向不同，夢仍然是夢，並非現實。

而且人類基本上是會忘記夢境的生物。

縱使這世上存在著例外，我也不會感到驚訝，但自己也是會忘記夢境的人之一。

就算剛醒來時還記得，眨眼間就會從記憶中消失。

「——好像是班導扮成了兔女郎……」

即使試著抵抗，試圖回想起來，基本上也是白費工夫。

倘若第三者聽到這些話，或許會感到疑惑。

不，我想夢境的重點應該不是兔女郎就是了。

就算想要繼續笨拙地回想起夢境，努力也只會徒勞無功吧。

我很快地放棄了回想起夢境這件事。

因為也不用上學，便在悠閒流逝的時光中進行早晨的梳洗。

洗臉台上擺著同款不同色的牙刷和杯子。

與一直共同行動的惠拉開距離後，我回到平常的生活。

話雖如此，我們的關係並非已經結束。

這應該算是因我製造出來的誤會，情侶之間類似冷戰的期間吧。

我的精神並沒有因此現象產生任何變化。

當然這無非是因為我身為幕後推手刻意導向這樣的發展，假如這是意料之外的事情，我是否多少能夠感到動搖呢？

「……很難說吧。」

結果要給感情帶來變化，大前提是對方對自己而言是不可或缺的存在這點。倘若缺少這個前提，感情是不會動搖的吧。

假如是賭上自身存在意義的事情，就沒必要對根據需要折磨或割捨戀人的行為感到猶豫。反過來說當然也是一樣，對方也有資格那麼做。

但我認為撇開感情不談，還是有身為戀人的責任與義務。

既然一起共有時間，倘若讓那段時光變成不愉快的回憶，就得負起連帶責任。

而且既然收下對方在人生中應該是最寶貴的時光，果然比起不幸，更應該讓她幸福。

當然了，這樣的想法是基於人類社會的道德等價值觀。

一直讓她配合我的實驗，造成她精神上的不安與負荷並非上策。

我並非什麼都沒想就開始冷戰，而是正在擬定計畫。

從關係惡化前就說好要去買聖誕禮物的約定。

這個約定本身並沒有變卦，因此這件事還有效。

原本預定跟惠從早上就開始約會的日子。

外面不巧正在下雨的樣子，從放寒假前就一直持續著這種壞天氣。雖然有些遺憾，但天氣預報已經預告明天的聖誕節也是整天雨天，所以無法期望會放晴吧。

天氣是無法控制的，這也無可奈何，更重要的是有一件預料之外的事情。

我看向放在房間裡的桌曆。十二月的月曆。用粉紅色的筆描繪的愛心符號圈住了二十四日與二十五日的日期，不過——

這是第二學期劃上句點的昨晚的事。

為了在二十四日見面，我本來想直接聯絡惠，但電話沒人接。等了一陣子，還傳送訊息給她等回應，然而一直是未讀的狀態。就在我猶豫著該怎麼做，迷惘了大約一小時的時候，總算接到回電。雖然虛弱卻又激烈咳嗽的惠，告訴我的第一句話是「流感」。

季節性流感是不分年齡都會感染並出現症狀的流行性感冒。從十一月後半到十二月左右，感染者會開始大幅上升，因此在這個時期並非罕見的現象。她似乎是倒楣地出現了症狀，才突然臥病在床。

儘管惠虛弱不已，但她恐怕就算要用爬的過來，也很想履行二十四日的約定吧。不過在周圍四濺的飛沫會傳染流感。倘若她硬要前往櫸樹購物中心，會因為她的自私自利波及到別人吧。

惠似乎在確定是流感沒多久前就感受到了異常變化，她首先為自己沒能管理好身體狀況的事情向我道歉。

我當然不可能責怪她染上流感，而是告訴她首先安靜休養，讓身體康復這件事擺第一。另一方面，也告訴她約定確實還是有效，重新約了其他日子見面。

如果到約定當天的這段期間，惠主動跟我說：「希望之前的約定可以取消。」今後約定有可能會作廢，目前看來應該不會演變成那種局面吧。

倘若惠的心境產生變化，八成是第三者出的主意，但有強烈依賴體質的惠是不會聽進去的。因為如果有希望修復關係，我不認為惠會放棄可以作為活路的選項。

雖然不清楚流感是否會立刻痊癒，但我們簡潔地做出結論，目前打算在年內約改天見面。即使能夠輕易推測到惠有很多想確認的事，像是彼此的關係和目前的狀態，但在發高燒的狀態下，惠本身也是遍體鱗傷，不可能正常地交談，我要她先好好休息，簡短地結束了電話。

之後確認詳情時，據說惠臥病在床時，朋友幫忙買了可能會用到的東西，因此並沒有碰到什麼問題。她似乎也做好了在半夜發生緊急情況時有人幫忙對應的準備，這方面因為還有門禁的關係，實在幫了大忙。

上述這些——是在昨天晚上，也就是二十三日發生的事情。

到了今天早上我才知道，看來似乎不分年級，已經確認有好幾名學生同樣出現了流感症狀。二年級生已經順利突破特別考試這點，算是不幸中的大幸吧。雖然這當中或許有人是不為人知地在考試中以身體不適的狀態在奮鬥。

因為我這幾天跟惠也沒有密切的接觸，所以目前身體狀況並沒有什麼變化。

問題進展到要怎麼度過今天。

因為今天的平安夜與明天的聖誕節，原本預定的行程都化為烏有了嘛。

『早安，綾小路同學。聽說輕井澤同學得了流感，還好嗎？』

手機收到了一之瀨傳來的訊息。訊息又接連傳送過來。

『另外好像還有幾個人也身體不舒服。綾小路同學沒事吧？』

不愧是有廣大情報網的一之瀨，消息真靈通啊。

關於惠的身體狀況，她似乎也已經掌握到實際狀態。

『雖然遺憾，但我想她會臥病在床一陣子。』

『這樣呀……真令人擔心呢。假如需要幫忙，隨時都可以跟我說喔。』

『謝謝妳。』

重複幾次這樣的對話後，一之瀨問我今天打算做什麼。

今天本來是為了惠空下來的一天……不過我得繞去櫸樹購物中心領某樣東西，所以還是一樣會出門。

『我打算去健身房。』

我設想了這樣的發展，而且也無意跟誰會合，所以如此回答了。

『啊，這樣子呀。呃，那大概會是幾點呢？』

『反正也沒事可做，可能會在中午前過去吧。』

『這樣子呀。我原本也打算大概在中午去健身房，但是否別過去比較好呢？』

『為什麼？』

『因為那樣就好像我們約好要碰面不是嗎？當然真的只是巧合而已啦。』

我們彼此都打算去健身房，準備過去的時間碰巧重疊了。

動輒去在意這種事情也沒用。

或許是顧慮到身為我女友的惠吧，但這麼做實在太過頭了。

在這邊調整行程錯開時間的行為，反倒更瓜田李下不是嗎？

『用不著在意吧？總之我會按照預定前往。假如會在健身房碰面，到時再麻煩多關照。』

我這麼回覆，於是訊息立刻變成已讀，收到了像是吉祥物？拿著「ＯＫ」牌子的貼圖。

那麼，總之換衣服和梳理頭髮這些外出的準備晚點再做吧。

時間才剛過九點而已。

先來洗衣服和打掃房間，悠哉地打發掉上午的時間吧。

1

上午的櫸樹購物中心裡面，正洋溢著平安夜當天特有的氣氛。

比前幾天更加華麗的裝飾品點綴著購物中心內部。

總覺得來逛街的客群，看起來也是男女情侶占了較高的比率啊。

我按照也跟一之瀨報告過的，到不久前才加入的健身房露面。

儘管才加入沒多久，畢竟都付了月費，所以想儘量來健身房。

搞不好沒有任何人在呢？

我一邊這麼心想，一邊在櫃台完成入館檢查。

換上運動服並踏進訓練室，結果還是有其他人在。

可以看到零星幾個男生和女生，還有大人的身影。

特別引人注目的是準備開始做仰臥推舉的人物。

二年A班班導，真嶋老師的身影映入眼簾。

他體格壯碩且肌肉發達，還異常地適合穿運動服。

「早安，真嶋老師。」

「嗯？綾小路？你也是健身房會員嗎？」

我在真嶋老師準備讓身體仰臥時向他搭話，於是他有些驚訝地回應我。

「我不久前才剛加入。」

「是嗎，是嗎，那還真是件好事啊。歡迎你加入。」

不知為何真嶋老師彷彿自己的孩子考試上榜一般，很高興似的點了點頭。

只是有一個學生加入健身房會員而已，他還真誇張啊。

「不過，你會加入是有什麼契機嗎？」

「我切身感受到體力大不如前，想要補救回來。」

「這理由還真不像學生會說的話啊。」

「只是不曉得我能否持之以恆。」

「有什麼關係呢。我也是有些想法才決定來訓練，現在已經澈底變成常客了。與學生在相同環境下揮灑汗水也不錯。」

是情緒比平常更亢奮嗎？如此說道的真嶋老師看來很歡迎我。

「而且你在寒假第一天就來健身房的態度值得稱讚。」

「今天的平安夜老師有什麼計畫嗎？」

「嗯？沒有，不巧的是我計劃在健身房揮灑汗水一整天。」

他沒有支吾其詞，這麼回答了。我才如此心想……

「恐怕是這樣啦。」

恐怕。明明是自己的事情，為何要補上這樣的詞彙呢？

「怎麼了嗎？」

「哎，沒什麼。你才剛開始上健身房，應該有很多事情還搞不清楚吧。」

「嗯，對啊。」

關於器材的使用方式和操作方法應該沒有問題，但我覺得這樣的發言有些多餘，沒說出口。

我認為新人就該有新人的樣子，表現出什麼都不知道的模樣，在各方面都比較輕鬆吧。

總之，也差不多該開始做些訓練——

「好。」

「好？」

「機會難得，你就稍微觀摩一下我的訓練是怎樣的情況吧。」

「咦？啊，是……」

我本來也想開始做些訓練，但受到真嶋老師制止。

躺在平板椅上的真嶋老師開始將槓鈴調整到與視線相同的位置。他先用比較輕的力道舉起幾次槓鈴，調整完畢後便將左右兩邊的保護槓調到比自己胸口更高的位置。

「做臥推時一定不能忘記設定好這個保護槓。萬一撐不住時，它也會幫忙接住槓鈴。」

「我學到一課。」

我也不敢說自己早就知道了，只能繼續守望。

但什麼都不回答感覺也會讓氣氛變得尷尬，因此決定提出常見的問題。

「老師可以舉起幾公斤呢？」

「這個嘛……我這次是設定成八十公斤，其實舉到一百公斤都還不成問題吧。據說一百個人裡面只有一個人能舉到一百公斤。」

雖然並非露出一臉得意的表情，但他說話的語調洋溢著對自己的自信。他像是要刻意強調肉體一般，用力舉起槓鈴給我看。

然而我沒聽說過那種事，那樣的知識真的是事實嗎？

那番台詞聽起來只像是隨便把某人的話拿來現學現賣。

「但要是勉強自己，會弄壞身體。因為這不像電視企畫那樣，舉起一次就可以結束。這是透過反覆做幾組訓練，來鍛鍊胸大肌。」

他是否看電視什麼的拚命學習過呢？為了告訴我這點，他開始實踐。

我觀看著男人的呼吸與溢出的汗水，陷入了空虛狀態。

明明難得一早就來健身房，回過神時卻開始了觀摩課程。

之後我守望真嶋老師練習了一陣子，在他做完三組訓練時，他抬起身體。

「呼。哎，大概就這樣吧。」

「非常值得參考。」

「那真是再好不過了。寒假期間除了星期四外，我打算一星期來這裡六天。等第三學期開始大概會變成晚上過來，但這個方針暫時不會改變，如果有什麼問題，隨時都可以來找我。」

感覺他的說明異常地具體啊。反倒讓人好奇明確地排除的星期四是有什麼事呢？

「假如有需要，我也不介意指導你入門技巧——」

「不，沒問題的。這麼麻煩真嶋老師也不好意思，而且我決定暫時以習慣上健身房為優先，做些比較簡單的訓練。」

我語速略快，斬釘截鐵地拒絕，以離開現場一事為優先。

「這樣啊。有什麼問題隨時都可以來找我。寒假期間我應該會盡可能來健身房露面吧。」

聽完教師令人感激的話語後，我決定一個人隨意做些訓練來揮灑汗水。

接著在健身房持續訓練大約三十分鐘後，健身房的氣氛有一瞬間改變了。

因為原本面對著器材在訓練的一部分學生，同時將視線看向某處。

好奇他們在看什麼的我也追逐著視線，於是看到了在班上很眼熟的人物——高圓寺。

雖然他格外引人注目，但本人絲毫不在意的樣子，開始進行訓練。

原本以為是因為他會做些出人意表的行動才會受到注目，似乎並非如此。

可以隱約聽見在附近的其他年級的男生們聊天的聲音。

「高圓寺那傢伙果然很厲害啊。」

「是啊，才高中生就能辦到那個的傢伙，一般是不存在的吧……」

看來從健身房的訓練似乎也能感受到他不像是高中生的身體能力，他似乎是作為一個出類拔萃的健身房會員受到眾人注目。

的確，看一眼就能窺見他肉體的完成度之高。

優美的肌肉集合體與柔軟度。

沒有絲毫多餘的動作，在那裡的是從他平常的怪人舉止難以想像到的認真身影。

仔細一想，高圓寺給人的印象就是在各種地方專注地鍛鍊自身肉體。

這麼一想，他會上健身房這件事就不奇怪了，反倒說他是最適合健身房的男人也不為過。

真嶋老師似乎也對那樣的高圓寺另眼相看，只見他停下手，看得入迷。

客觀來看，果然可以說高圓寺遠遠超出了學生的領域吧。

得天獨厚的體格，以及為了維持肉體努力不懈地天天鍛鍊。

我重新認知到即使是在校園生活中，高圓寺也不分時間地點，一直致力於追求健美的肉體。

與觀看真嶋老師只是比初學者好一點的訓練模樣不同，高圓寺進行訓練的模樣確實能夠吸引觀眾。

而且不用我說，他本人就算受到注目也不會感到緊張、不安或煩躁，反倒是那種會表現得更精采的人。

「高圓寺同學總是很受歡迎唷。」

有人向我說出這番像是在證明高圓寺不是只有今天才受人注目的話。

「早安，綾小路同學。」

然後對方重新向我打招呼。

「嗨。」

「今天的雨也很大呢。順便問一下，你是多久前來的？」

「大概三十分鐘前吧。」

「這樣呀。其實我本來也預定在那個時間到達，但不小心跟朋友聊太久，就晚到了。」

如此回答並站在我身旁的一之瀨，在近距離目不轉睛地仰望我。

「難得今天是平安夜，真遺憾呢。」

「哎，算啦。畢竟沒必要執著於今天這個日子嘛。」

「女孩子可能不是那麼想唷？」

「原來如此……我無法否定這點啊。」

既然身為男人，我就無法得知對於特別的日子這個部分，女性會有多強烈的堅持，或是不太計較。

在閒聊幾句後，一之瀨表示希望我陪她用跑步機訓練，因此答應了她，我們兩人站到並排的機器上。

接下來的三十分鐘我們也沒有閒聊，而是面對符合自己步調的設定進行訓練。

「呼，果然有人一起陪練，動力就完全不同呢。」

「的確是那樣也說不定啊。就這層意義來說，和網倉一起開始健身是正確的啊。」

一之瀨露出燦爛的笑容，用毛巾擦拭額頭的汗水。

後來我又追加了大約一小時，與一之瀨一同享受健身的樂趣。

之後我在網倉到健身房露面時告訴一之瀨自己要回去了，於是一之瀨表示要跟網倉閒聊一陣子再走，因此我們就在這邊各自行動。

「你這麼快就要回去了嗎？」

注意到我準備離開訓練室的真嶋老師停下正在訓練的手，如此向我搭話。

雖然他說「這麼快」，但我已在健身房逗留了大約兩小時，待的時間足夠久了。

「嗯，是啊。我也覺得累了。老師您知道已經過了兩小時嗎？」

「兩小時？嗯，這樣啊。已經過了這麼久嗎？」

因為他本人忘我地致力於訓練，果然沒有察覺到時間的流逝嗎？

「我覺得真嶋老師應該再稍微增加一下休息的次數。您幾乎都沒有休息，就這樣持續訓練了大約三小時對吧？有時會在看不見的地方累積疲勞，而且也可能因此受傷喔。」

我做好被他怒吼外行人說什麼大話的覺悟，提出這樣的建議。

只見真嶋老師非但沒有生氣，反而大吃一驚，然後雙手抱胸。

「……的確是那樣也說不定啊。為了揮別不中用的自己，成為了不起的教師，我一直卯足幹勁在訓練，但那樣說不定是反效果。」

真嶋老師的周遭至今沒有人會這樣忠告他吧。

然後真嶋老師無論如何都想早點獲得成果——想要強壯的肉體。

似乎是這種心情讓他熱中於訓練，甚至忘了疲勞。

「好，我今天也就此打住吧。」

真嶋老師如此說道，看來他好像坦率地聽進了我的建議。

「那麼，改天見。」

我向他點頭致意，打算離開現場，但真嶋老師立刻追著我跟了過來。

「可以跟我聊一下嗎？」

「咦？當然可以。」

原本以為大概是關於健身房的話題，不過老師並非留在現場，而是誘導我前往休息室。

「我在健身房做了什麼得罪老師的事情嗎？」

我不知道自己被叫過來的理由，因此試著詢問。

「怎麼可能。不是要說那種事情，你大可放心。你在健身房的行動沒有任何問題。」

他講得好像一直仔細地在守望我的活動，然而……

看到我懷疑的眼神，真嶋老師望向下方。

「……我沉迷於自己的訓練中，並沒有在看周圍。就老實地向你坦承吧。」

他似乎知道已經遭到識破，一臉過意不去似的蹙起眉頭。

這種認真的反應反倒讓我陷入好像是我有錯的心情。

老師也在放寒假。無論他要在這片校地內盡情享受什麼都是他的自由，也沒有要監視學生的義務。我像是在利用他身為大人的職責一般，逼他開口道歉了。

「那麼，老師要跟我說的事情是——」

為了蓋過他的謝罪，我主動催促他進入正題，於是真嶋老師看了看四周，確認沒有任何人。

「其實我有一件事想要誠懇地拜託你。」

「是喔。」

就在真嶋老師正襟危坐，要開口說些什麼的時候，很不湊巧地出現了訪客。

是留著美麗波浪捲長髮的女性。

是在這間健身房工作的職員之一，她注意到我們的存在後，對我們露出燦爛的笑容。

「真嶋先生，您今天好像也很努力在訓練呢。」

「不，不敢當。」

真嶋老師像是在簡單打聲招呼似的這麼回答。

真嶋老師不愧是資歷比我久的會員，工作人員似乎記得他的名字。

「那位是……」

「他叫綾小路。雖然與我負責的班級不同，但他是隸屬於B班的優秀學生。」

真嶋老師用力地拍了一下我的背，要我打招呼。

「我叫綾小路。」

他本人大概以為是輕拍吧，不過經過鍛鍊的肉體施放出來的一掌實在相當強力……

「我們在櫃台見過幾次面呢。你跟小一之瀨一起來過。」

不愧是職員。即使是才剛加入健身房沒多久的我，她似乎也有一點印象。

「啊，抱歉，在你們休息時打擾。我只是來拿要用的東西而已，先失陪了。」

職員態度和藹地低頭致意後，從工作人員用的架子上拿出幾條毛巾，然後抱在胸前回到了櫃台那邊。

不知是否在等變成四下無人，真嶋老師看也不看這邊，目送著職員離開，直到看不見她的身影為止。

…………

已經目送她回到櫃台了，真嶋老師還是動也不動。

「老師？」

「唔，綾小路，什麼事？」

「呃，與其說我有什麼事……應該是老師有什麼話要跟我說吧？」

「對喔。哎，本來是那樣啦，不過那件事下次再說吧。」

「什麼？嗯，既然這樣——我就回去了。」

「你先等一下。」

我背對著真嶋老師準備離開，於是他從背後一把抓住我的雙肩。

「……您究竟有什麼事？」

總覺得今天的真嶋老師樣子有點不對勁。

他平常身為教師冷靜且沉著的模樣，似乎變得有些模糊不清。

「我就當作這也是一種機緣，向你坦承吧。」

「您要坦承的事情還真多呢。」

不過看來總算要進入正題的樣子，關於這點暫且可以放心了。

「剛才出現在這裡的職員名叫秋山小姐。」

「雖然我沒有很在意，但她身上掛著名牌呢。然後呢？」

「……希望你可以調查關於她的事情，盡可能仔細且謹慎地調查。」

「咦？」

我本來想轉過頭看，但他依舊以非常驚人的力量按住我的雙肩，因此無法如願。

「我至今從未把關於異性的問題帶到學校裡。然而在開始上健身房後，情況驟然改變了。如果是你，不用我述說詳情，應該也能理解吧？」

「嗯，我已經明白老師想說什麼了。您對那名叫秋山小姐的女性產生了好感對吧？」

「……可以那麼說吧。」

不，只能這麼說了。

「她的容貌還殘留著些許稚氣，卻是一位獨立自主的美麗成熟女性。」

「是喔……」

她的確是位美麗的成熟女性，但真嶋老師這種說法讓我有些在意。

「那番形容也可以套用在星之宮老師或茶柱老師身上不是嗎？應該沒有規定禁止教職員之間談戀愛吧？」

「規定上是禁止的。」

「啊，是這樣嗎？但感覺也有老師會偷偷交往就是了。」

「我就先不否認這點。然而就算規定沒有禁止，那兩人也不會是我的候補對象。」

真嶋老師十分乾脆且斬釘截鐵地斷言。

「可以問理由是什麼嗎？」

「不好意思，我不打算告訴你。我跟你是老師與學生。那是無謂的對話吧。」

「那我要回去了。畢竟現在談的事情本身就是無謂的對話。」

「星之宮個性太輕浮了。茶柱則是個性太過沉重。就是這樣。」

我從真嶋老師那裡得到了簡單扼要且十分好懂的回答。

假設對兩者外貌的評價是一樣美麗，星之宮老師就像個多情少女。即使變成男女朋友，感覺她也會搖擺不定，繼續與其他異性交遊。

另一方面，茶柱老師則是對學生時代的戀情耿耿於懷，沒有交半個男友。假如她與異性墜入情網，感覺會談一場很沉重的戀愛。

「但也不能斷言那個叫秋山小姐的職員就不是那樣的人呢。」

在交往的過程中，也有可能得知光看表面看不出來的事情——

「絕對不會有那種事。」

他應該沒有任何根據，卻只憑著主觀認定全面否定了我的看法。

「我從學生時代就認識那兩個人，完全沒有把她們當成異性看待。從來沒有。最重要的是她們兩人是摯友也是勁敵，倘若替其中一方撐腰，會對校園生活造成嚴重的影響。」

真嶋老師斷言他絕對不想讓那種狀況發生。

「唉，的確如此。」

「所以我想拜託你。」

「為什麼會找上我呢？」

「難道你覺得我能拜託其他老師嗎？」

「這麼說也沒錯啦……」

「會上健身房，感覺會守口如瓶且能信賴的人物，就只有你而已。」

「老師您一開始發現我的時候，看來很高興該不會是因為……」

「當然是因為有了一起健身的夥伴。」

不，這絕對是騙人的。

那眼神顯然是很高興找到了可以利用來做這件事的學生。

如果是現在，我能秉持確信這麼主張。

「你明白我想知道的事情吧？」

「可以推測到。例如是否有男友、喜歡的類型、還有興趣和喜歡的事物。」

「一百分。有你這樣的學生，茶柱真是幸福啊。」

這個人真的是我平常看見的那個真嶋老師嗎？

儘管工作時和私生活應該分開來看，但我看到他過於出乎意料的一面。

話雖如此，他的聲音一直很冷靜，表情也如各位所見，看不出情緒。

「我不會叫你立刻付諸行動。畢竟秋山小姐也看到你今天跟我待在一起。等放完寒假或改天也無所謂，麻煩你慢慢地拉近距離，幫忙調查。」

「我姑且努力看看，但請您不要太期待喔。」

仔細且謹慎。就跟真嶋老師期望的一樣呢。

「我明白。」

「關於秋山小姐的上班日——」

「一星期六天，除了星期四——沒錯吧。」

「……沒錯。原來你知道啊。」

我當然知道，因為真嶋老師之前才果斷地說過他除了星期四之外都會來健身房這種讓人覺得突兀的發言嘛。

他當初會加入應該是為了鍛鍊自己的身體沒錯吧，現在完全是為了見秋山小姐啊……不過他並未因此疏忽肌力訓練，也沒什麼好責怪他的。

這下總算是脫離了真嶋老師的束縛，我彷彿逃跑般離開了現場。

2

離開健身房後，我立刻思考接下來的計畫。先到早就決定好要順路去一趟的商店領東西，之後逛一下櫸樹購物中心再回去嗎？

真嶋老師拜託我的事情，就照他本人的指示，慢慢地進行吧。

希望在我煩惱該怎麼探聽出情報的期間，當事者之間可以自行解決。

時間才剛過中午。就這樣回到宿舍，也只是在自己房間無所事事而已。

我拿出手機，姑且打開通訊錄。

偶爾找男生朋友出來一起玩也不壞。

「……沒人可以找啊。」

我稍微看了一下名單，然後輕輕地關掉手機螢幕。

用不著多仔細地想，也知道我幾乎沒有主動找同性朋友出來玩的經驗。

「若是有空，要不要現在一起出來玩一下？」

假設我這麼搭話……

「我有事要忙。」

卻遭到這樣一刀兩斷，我會大受打擊。

如果是像洋介這樣的人，或許會察覺到我的心情而答應邀約，但被對方這麼顧慮也會讓我覺得很複雜。

換言之就是開口邀請別人非常勞心勞力，十分辛苦。

最後我做出的結論是不要給任何人添麻煩，一個人獨處比較好。

「朋友到底是什麼呢？」

明明第二年都已經進入後半，我重新體認到自己在這個部分進行得並不順利。

搭手扶梯往下來到一樓。

因為還是白天，學生的數量增加了不少。

既然不敢自己主動開口，那是否有其他方法呢？

例如在路上巧遇。

希望有人在無意中發現我的存在，主動問我接下來要不要一起玩。

如此心想並試著環顧周圍，但偏偏這種時候就是不會看到同班同學。

如果放大範圍到同年級——不，就連同年級的學生都沒看到啊。

要是一直環顧四周想隨便找個認識的人，感覺會被當成有點奇怪的可疑人物啊。

因此我很快地就決定放棄找人開口邀我一起行動的路線。

我判斷今天不適合這麼做，決定換個目標，以獨樂樂為方針。

在設置於購物中心各處的樓層導覽圖前停下腳步。

雖然很清楚商店的種類和位置，但我心想說不定有什麼商店新開幕，決定確認看看。

不過這裡的商店很少替換，沒有任何新發現。

但有一間店吸引了我的注意。

「去看看好了。」

讓我有這種想法的是我個人平常不太會造訪的出租店。

這裡可以租借影片，也就是電影或動畫等作品的ＤＶＤ和ＢＤ商品，無關新舊。除此之外也有出租音樂類的光碟片。

只不過，向校方取得許可後就能上網，也就是隨時都能透過月費制的串流平台自由地觀賞影片節目，因此這類需求並沒有多高。

偶爾才會看。想看特定的某部作品。

因為只有這樣的學生們才會光顧這間店，所以顧客不多是必然的結果。

正因如此，我才決定在這個寒假造訪看看。

因為時間多到不知道怎麼打發，偶爾安排一下這樣的行程也無妨。

總覺得自己好像從剛才開始就一直在找藉口，但我絕對不是感到寂寞。

為了以防萬一，我再一次這麼說服自己的內心。

到原本預定的店家領完東西後，我到達出租店。

店面絕對不算寬敞，真要說的話相當狹窄。這個狹窄的空間中擁擠地展示著五花八門的光碟片。一般來說，光碟片會收納在箱子或盒子裡，但在這間商店，無論哪種光碟片都是裝在黑色與透明的OPP保護袋裡，附帶一張應該是專輯封面內側的影本。這樣只要看影本，就能知道是怎樣的作品。

使用電腦和平板的時候，首先會看標題感覺有不有趣，還有縮圖是否能讓人感興趣來進行篩選。然而在要像這樣一個個拿起來確認內容的環境，即使是平常不會拿的東西，也會忍不住拿起來看看。

然後我發現自己還仔細地看完簡介。

雖然網路能夠輕易地觀賞無數作品，但反過來說也會有優秀的作品一直受到埋沒，一想像到自己可能忽略了不少好作品，就覺得偶爾像這樣腳踏實地來挖寶看看或許也不錯啊。

我來光顧出租店的頻率說不定會逐漸上升。

只不過，果然還是存在問題點。

即使找到感覺很有趣的作品，也沒必要在這裡租借。如果是沒有上串流平台的罕見作品也就罷了，大部分作品只要回到宿舍，就能不用在乎歸還期限，自由地觀賞。

這類出租店的經營今後也會變得更加困難吧。

家電量販店也是一樣。我曾聽說現在的趨勢逐漸變成顧客到店面看過實際物品後，再到網路

上用更便宜的價格購買。

在影片相關區盡情瀏覽一陣子後，接著來到音樂區。

我自己平常不太會聽音樂。

雖然會在電視上聽到最新的熱門歌曲和往年的名曲，但就只有這樣而已。我沒有自己主動購買過歌曲的經驗，目前也對音樂沒有多大的興趣。

正因如此才會來探險。倘若能有什麼邂逅就好了。

原本以為出租店裡沒有任何人在，不過似乎有一個客人比我先到。

那個身材嬌小的學生背對著這邊，戴著耳罩式耳機。

加上店裡也播放著ＢＧＭ，對方沒注意到我。

即使一開始沒認出對方是誰，走近之後便明白關於那個人物的詳情。

是一之瀨班的白波千尋。

我跟她沒說過幾次話，但在稀有的活動中與她有過幾次交集。

最近就是在進行無人島考試時，還有之後在船上我們也曾近距離接觸過。

她在聽什麼呢？

一方面也因為我對日本音樂（未必僅限於此）的知識很貧乏，不禁感到好奇。

不過白波十分專注地在聆聽歌曲，因此就算我小聲地向她搭話，也不會注意到我吧。話雖如此，要是為了進入她的視野範圍而強硬地拉近距離，十之八九會驚嚇到她。

即使也可以等到歌曲結束，但之後向她搭話並問出歌名的門檻也不低，因此我決定走到她附近看看能否聽到些什麼。

為了避免被旁人當成可疑人物，我若無其事地假裝自己在看店裡展示的商品，同時移動到白波身旁。

「啊……！」

糟糕，嚇到她了嗎？

想知道她在聽什麼的好奇心或許讓我不小心太過靠近了。

少女慌忙地拿下耳機。

「綾、綾小路同學？」

「抱歉。本來不打算嚇到妳的。」

因為她從耳朵上拿下耳機，可以清楚地聽見從耳機裡傳來的音樂。

女性的歌聲與歌詞伴隨著感覺有些哀傷的吉他音色傳入耳中。

『受傷的心靈，只有時間能夠幫忙治癒。那個人已經是其他人的——』

是失戀的歌曲嗎？我聽見這樣的歌詞，白波慌忙地按下停止鍵，歌聲戛然而止。

「你你你、你找我有事嗎！」

似乎還是很驚訝，少女心神不寧似的如此反問。

「沒有……雖然沒什麼事，我有些好奇妳在聽什麼。就只是這樣而已。」

我老實地回答了，但這樣是否能讓對方理解，就另當別論。

其他班的同學，也沒有特別親近，除非巧合否則也不會聊天的關係。

再加上還有男女之別，說不定我這樣已經等同於可疑人物了。

「抱歉打擾妳了。我這就離開。」

再繼續毫無意義地待在白波身旁，也只會讓她困擾而已。

儘快離開現場是我現在唯一能做的事情。

「那個——這個……」

白波似乎想說什麼。

至少她並不是那種能對關係不親的人滔滔不絕的類型。

話雖如此，要是像在催促一般催她說下去，已經來到喉嚨的話語又會倒退回去吧。

所以我不看白波的雙眼，將視線望向並沒有太遠的地方。

盡可能準備一個她可以不慌不忙說話的環境，等待時候到來。

「那個……你接下來有沒有一點時間……可以聊聊呢……？」

然後冒出來的話語出乎意料之外，居然是白波開口要求延長對話時間。

「我是無所謂，但在這邊聊好像也不對吧？」

如果是關於音樂的話題也就罷了，就她的樣子來看，感覺也不是要聊這些。

儘管出租店並非人擠人的狀況，如果一直在這邊聊毫無關係的話題，又沒有要消費，至少可以確定是不受歡迎的客人吧。

「也是呢……那個，到哪裡都無妨，我想應該也不會占用你太多時間。」

「那麼──」

「啊可是，那個，太引人注目的地方可能會有點，傷腦筋吧。畢竟我也不想被誤會……」

原本想提議「那隨便找間咖啡廳如何」，但在開口前她這麼提醒了。

「那要找什麼地方好呢？就去妳想去的地方也無所謂喔。」

「……交給綾小路同學決定吧。」

加上了某種程度的限制，然後在這種狀況下把問題完全交給別人處理。

雖然覺得這樣有點不講理，但說起來是我先主動接觸，責任的確在我身上。

得設法想個符合她要求的地方才行呢。

3

之後我一邊設想了幾個地點，一邊與白波開始移動。寒假期間的學校領地內，加上又是雨天這種壞天氣，要在戶外活動有些困難。

話雖如此，室內應該四處都有許多學生吧。

可以稱得上救贖的，大概是白波強烈地想避開我這點吧。

通常在這種情況下，縱然沒有多親近，也會因為暫時算是一夥的，選擇與對方並肩而行，或是站在對方前後一、兩步的距離一起前進，但走在前面的我與從後面跟上來的白波距離相當遠。假如只是在旁看到，大概不會覺得我們是一起行動的吧。

因此儘管是平安夜，看來應該不需要擔心冒出別人誤以為我們是情侶的傳聞。

「……什麼事？」

「沒什麼。」

要是我太過在意後方，感覺白波會離得更遠啊。

即使提議延長對話的人並不是我，這還真教人傷腦筋。

就算這樣，畢竟是我先主動搭話製造了這段緣分，所以這也是無可奈何呢。

我們漫無目的地四處徘徊，最終抵達休息區。

這裡並列著幾台自動販賣機，還擺了大約兩張沒有靠背的木製長椅。

雖然我早就知道會利用這個地方的學生意外地少，但今天似乎也不例外，沒有看到任何人的身影。

「妳要喝什麼──」

「不用了。」

「要不要坐長椅──」

「不用，沒關係。」

遭到連續拒絕之後，我放棄了許多事情。

「讓我聽聽妳要說什麼吧。」

白波在拉開一定距離的狀態下站到我正面，搓揉著雙手。

大概是有難以啟齒，又非問不可的事情嗎？

「綾小路同學你……那個，跟、跟小帆波是什麼關係呢？」

「什麼關係是指？」

「你們只是一般的同學？還是朋友？或者……有更深入的關係嗎？」

雖然她一字一句都有些軟弱，卻清楚地表示出想問的事情。

就她的說法來看，我的回答對白波而言似乎也是很重要的事情。

我當然很清楚理由。

畢竟那本來就是我會跟一之瀨建立起關係的事件之一嘛。

去年剛入學還沒多久時，眼前的白波曾向一之瀨告白。

與單純的朋友不同，原本應該會對異性抱持的戀愛感情。

不，這樣的形容並不精確。

現在這個時代，把性別相同或相異當成問題才是錯的吧。

白波這個人對一之瀨這個人抱持著好感。

就只是這樣而已。

然後一之瀨對我抱持好感這件事讓白波感到不快。

這個關係圖非常簡單好懂，根本用不著反問。

「該怎麼回答才是正確答案呢？我有些猶豫就是了——」

「不用顧慮我，直接回答吧。」

「我並不是在顧慮妳。我是難以判斷自己是否具備稱為朋友的資格。」

「……這話是什麼意思？」

一臉疑惑的白波無法理解似的皺起眉頭。

「我沒什麼朋友。說起來也不是很清楚要怎麼劃分朋友的界線。只是會講話的關係不會稱為朋友對吧？認識的人跟朋友的界線究竟在哪裡？」

「這……嗯，就算你問我界線在哪裡，我也很難回答呢……」

「就像妳感到為難一樣，我也很傷腦筋。倘若姑且只鎖定在我的視點來看，我判斷自己跟她算是朋友關係。」

「總覺得你的形容有點不知所云呢……是故意想模糊焦點？」

我完全沒那個意思，我自認是挺認真地在回答。

「那麼，你們只是單純的朋友對吧？我可以當作你們彼此之間並沒有那個……喜歡之類的感情嗎？」

雖然沒有直接問過白波，但我認為她清楚一之瀨的感情。縱使白波說「你們彼此之間」，她想知道的其實是我對一之瀨的感情吧。

「肯定是那樣對吧？因為綾小路同學跟輕井澤同學在交往嘛。」

是等不及我回答嗎？白波這麼補充。

「我是否有女朋友，跟我對一之瀨抱持什麼感情的答案有關係嗎？」

「當然有啦。因為一次只會喜歡上一個人嘛。」

我得到了與其說是浪漫，不如說更像純真少女的回答。

她似乎對此深信不疑。

「應該也會有同時把好幾個人當成戀愛對象看待的情況吧？」

不分男女，以案例來說，這是很有可能發生的情況。

「才、才不會呢！」

但白波強烈地否定。

從她用力握緊小手這點來看，也能得知她似乎在生氣。

「抱歉。這次的事情跟這個話題扯不上關係啊。我跟一之瀨之間目前並沒有會讓妳感到擔心的關係。」

「……目前？」

要說理所當然也沒錯，對我的每一句發言十分敏感的白波，挑出了我為求保險起見先附加的但書。

「沒有人知道將來會變怎樣。」

「就算是那樣，如果只是一般的關係，我想應該不會加上什麼『目前』吧……」

或許的確就如同白波所說。

假如話題的對象並非一之瀨，而是像網倉那樣與我比較親近的女生，我大概也不會加上「目前」這樣的但書吧。

能夠斬釘截鐵地斷言就只是普通朋友而已。

「就算……就算小帆波對綾小路同學你抱持好感，如果你沒那個意思，照理說不會加上什麼『目前』。明明如此，你卻加上了……如果你不是打算跟輕井澤同學分手，然後與小帆波交往，照理說不會冒出這個詞。」

白波擠出了她應該不想說的話語。

她發言時的視線恐怕是看著我的鼻頭，然而要說出這番話很需要勇氣。

「我覺得小帆波無論是喜歡上誰都無所謂……但我不能默默看著她跟不誠實的人交往……」

「只要曾經與某人交往然後分手，就會變成不誠實的人嗎？」

「這……並不是那樣啦……」

白波身為一之瀨的同班同學，無法說出一之瀨的狀態。

我原本以為她說不定已經感受到變化了，但似乎沒那回事。

一之瀨展現出來的新面貌。老實說在判斷那會發揮出怎樣的作用前，我不想因為自己的疏忽對任何人造成影響。

所以即使會給白波內心蒙上陰影，我也只能加上「目前」來含糊其辭。

「我無意讓妳感到困惑。只不過在這種狀況下，不管我怎麼發言，妳可能都無法冷靜接受，既然如此，我選擇不把話說死的說法也是無可奈何的。」

即使說法會變得有些嚴苛，還是先明確地告訴她比較好吧。

雖然她有一瞬間露出「才沒那回事」的表情，但似乎察覺到自己的情緒比想像中還要激昂。

「……對不起。我好像說得太過火了……」

白波拚命到甚至暫時搞不清楚自己說了什麼過於深究的發言。就只是這樣而已。

「妳很擔心一之瀨啊。」

身為她的摯友，而且還對她抱持著比摯友更深的感情，理所當然會感到擔憂。

「那、那個……真、真的很對不起！」

越是冷靜下來，就越是強烈且沉重地開始感受到自己剛才有多失態。

「因為最近聽到了很多關於綾小路同學與小帆波的傳聞……」

「傳聞只是傳聞。」

「就是說呢……像是你們不好好準備考試，為了兩人獨處開始一起上健身房、或是綾小路同學明明有女朋友，卻叫小帆波到自己房間裡什麼的，我居然把這些根本不可能是事實的傳聞擅自照單全收……」

嗯……嗯嗯？

「怎、怎麼了嗎？你明明一直很冷靜，怎麼突然露出奇怪的表情僵硬住了？」

「我是在想那些根本不可能是事實的傳聞……不，與其說是傳聞，不如說是沒什麼大不了的事實，究竟是從哪邊開始被加油添醋，廣為流傳的呢？」

「你的說法感覺有點奇怪呢。傳聞跟事實毫無關係對吧？」

「當然也有很多毫無關係的案例。」

「……咦？」

「嗯？」

「你們應該沒有兩人單獨上健身房……對吧？」

「沒有。只不過我開始上健身房了。會在那裡碰巧遇到一之瀨也是很正常的吧？」

今天正好就是這樣的狀況。

雖然有收到聯絡，但我們並不是約好要在健身房見面。

「或許是那樣也說不定呢。畢竟小麻子也會上健身房。啊，不過綾小路同學叫小帆波到自己房間裡這種事，肯定是惡質的傳聞沒錯吧。」

「是啊。我並沒有把一之瀨叫到自己的房間裡啊。」

儘管與一之瀨發生過大約三次類似的狀況，但第一次是一年級時正在舉行班級投票特別考試的期間。第二次是學年末的雨天。第三次雖然是最近的事情，然而那終究只是一之瀨自主在我的房間前等我而已。

恐怕是第三次的一之瀨在等我的時候，某人看見了她的身影吧。

「……我相信你。」

即使有些猶豫，白波仍這麼說道，並露出今天最樂觀的表情。

只不過傷腦筋的是，根據白波今後接受事實的觀點，她可能會覺得我背叛了她。

為了以防萬一，應該先補充說明嗎？

不過，要是在這時笨拙地說了些像是藉口的話，又會讓她好不容易振作起來的心靈再次蒙上陰影。

「我可以說一件事嗎？」

「唔、嗯。什麼事呢？」

「無論一之瀨喜歡上誰，或是她喜歡誰，都不代表白波妳現在的價值會降低。但如果妳採取了一之瀨並不希望的行動，一定就未必是如此。妳明白我這番話的意思吧？」

「……嗯。」

無法與自己喜歡的對象在一起。所以看其他人不順眼，加以阻擾。

倘若喜歡的對象知道自己有這樣的想法，不覺得開心是理所當然的。

「我好像是個討厭的女生呢。」

冷靜下來之後，白波是否開始回想自己今天說過的話呢？

「像是在遷怒綾小路同學一樣，發了一堆牢騷……」

打從她表示想換個地方說話時開始，我就感受到這一點了。

話雖如此，就算扣掉我是嚇到她那方這件事，我也打從一開始就不打算責怪白波。

「明明夏天的無人島考試時，你還在我迷路時幫了我……」

她從入學以來就一直對一之瀨抱持著特別的心意。

然後現在她壓抑著感情，作為一個重要的朋友支持一之瀨。

也難怪她會厭惡我這樣的存在，潛意識地與我敵對。

「我沒有放在心上。反倒是我打擾到妳，還說了些像是說教的話，抱——」

「真的很對不起！」

在我說完謝罪的台詞之前，白波的謝罪反蓋了過去。

「那個、那個，我並不是討厭綾小路同學……真的不是那樣……」

這些我都明白，但白波並不知道這點，因此她開始解釋。

就算我阻止，她大概也無法接受，我應該暫時當個聽眾比較好嗎？

之後有好一陣子，白波以八成謝罪、兩成解釋的比例語無倫次地說話的同時，也不斷請求我的原諒。

微小的預感

我穿上買了一陣子沒穿的便服，將熱騰騰的熱水倒入杯子裡。

倒熱水的途中，有些在意從窗戶照射進來的光芒，於是拉開窗簾。

「積了不少雪啊……」

一直下到晚上的雨不知不覺間變成白雪，下了一整晚。

現在是斷斷續續地降雪，到中午會暫時停止的樣子，但從夜晚開始似乎會颳起暴風雪。

然後電視上正在播報下雪天會持續好一陣子。

「難怪變得更冷了啊。」

正式來到熱咖啡變好喝的季節了。

我站在廚房前，用右手拿著剛泡好咖啡的杯子。

另一邊的左手則拿著手機。顯示在手機畫面上的是各式商品與價格。

雖然我直到最近都不曉得，櫸樹購物中心似乎針對在高育生活的人們發布了網路廣告。

聖誕商戰也在二十五日的今天邁入最後一天，據說購物中心會配合這個日子實施大拍賣。

我是在毫無預兆的昨天晚上得知這個事實。是看到班級的群組聊天室熱絡地討論著怎麼度過了平安夜，或是正在用什麼方式度過，才注意到這件事。

一開始在群組聊天室成為焦點話題的是池與篠原兩人。他們明明在群組聊天室裡，但從大家開始聊天的晚上九點過後，兩人都沒有已讀任何訊息這件事引起了班上同學的熱烈討論。

這是碰巧，還是他們待在一起呢？

當然幾乎所有人都認為是後者吧。

其中也出現了一半出自嫉妒，一半想揶揄兩人的勇者打電話給他們，但他們倆都關掉了手機電源，因此電話打不通。

只不過沒有人認為他們關掉手機電源這件事是巧合，聊天室的討論更加熱絡了。

之後的眾人也是天南地北地聊個不停，居然可以聊好幾個小時都不會沒話題可講，讓我佩服不已。

在這當中，引起我注意的話題就是大拍賣。

「哦……家電用品也很便宜嗎？」

我慢慢喝著咖啡以免燙傷，同時用手指滑動畫面。

以遊戲主機和遊戲片等受男生歡迎的商品為首，還有吹風機和電動牙刷等應該能稱為日用品的東西。甚至還有果汁機和切片機等料理器具，範圍十分廣泛。

我最近做料理的頻率也比以前高很多，感到在意的東西也不少。

優格機讓我莫名地在意，而且是在網路廣告上列為數量有限，售完為止的大特價商品。

這難道不是單純地「買就對了」的發展嗎？

雖然最好能節制個人點數的支出，但只要今後透過活用優格機來回本就行了。

只不過在剩餘的校園生活中，我還會吃幾次優格呢？如果想要回本到比購買市售優格更便宜的程度——不，這樣的思考毫無意義。

我只是單純地想要這台優格機。

然後想使用看看。

大概就只是這樣。

倘若只重視ＣＰ值來考慮，很明顯只有不買這個選項。越是動腦去思考，就越不會浪費錢去買優格機。

因此我停止思考。

因為店家要特價出售，所以我要買，就只是這樣。

剩下就是看這個數量有限的部分是多有限了。

櫸樹購物中心因為主要客群是學生，應該不會採用堆積大量庫存的經營方式。

也非常有可能只有販售幾台而已吧。

最重要的是這個大拍賣似乎很受學生們歡迎。

雖然我去年根本沒放在心上，但據說這個大拍賣在我不知情時大受好評，在我不知情時銷售一空（參照班上的群組聊天室）。

「要去看看嗎……？」

老實說，因為與這類拍賣無緣，其實不太清楚現場會是什麼狀況。

凡事都該體驗看看，還是先觀察情況呢？

就在我猶豫不決時，緊握著的手機收到了訊息。

『早安。待會兒可以打電話給你嗎？會不會給你添麻煩？』

是昨天在健身房也一起訓練的一之瀨傳來的。這是考慮到即使身體不適，惠也有可能在我旁邊，才用這種比較委婉的確認方法嗎？

不，應該不是這樣吧。一之瀨早就知道惠得了流感。她應該不覺得惠這麼快就康復了吧。

這終歸只是做個表面工夫吧。

包括告訴她沒問題這層意義在內，我決定直接打電話給她。

『早。現在方便說話嗎？』

「嗯。怎麼了嗎？」

『呃，不知道你今天白天有安排什麼行程嗎？』

「行程？不，我沒有安排任何行程。」

『輕井澤同學果然還沒康復嗎？』

「畢竟是流感，應該還要花上幾天才會好吧。」

『這樣啊……雖然想去探病，但校方發出了提醒公告對吧？』

「好像是呢。記得是叫我們避免輕率的接觸。」

學生和學校相關人士收到了校方寄來的電子郵件，內容是提醒我們不要隨便去探病，或是明知道流感正在流行卻輕率地外出。

「我姑且有在確認她的情況。」

『這樣子啊。那就好。』

她似乎並非只是做做表面工夫，而是由衷感到安心的樣子。

『雖然在你正忙的時候這麼問不太好意思……你今天會到櫸樹購物中心嗎？』

「還不確定……哎，不過我原本就打算之後出門一趟——如果妳有事要跟我商量，要不要約個時間去櫸樹購物中心？」

『那樣不行。或許聽起來像是歪理，但這並非要會合或約定。我只是想知道綾小路同學今天會不會來櫸樹購物中心而已。』

「我想我大概會去——這麼回答就行了嗎？」

『嗯，這樣就足夠了。謝謝你。』

一之瀨如此說道後，又補充了一句：

『如果有碰到什麼問題，儘管跟我說喔。因為我也想幫上輕井澤同學的忙。』

之後通話立刻結束了，結果還是不知道一之瀨找我有什麼事情。

算了，這件事就先擱在一旁，我看了看時間，下定決心。

「好——」

目前時刻是早上九點四十五分。

倘若要配合櫸樹購物中心的開店時間抵達，現在從宿舍出發正好。

我也很在意一之瀨說的話，就下定決心去突擊看看吧。

用最短的路線筆直地進入購物中心，以家電量販店為目標。

然後拿起優格機，不去看任何多餘的東西。

畢竟要是一時興起，又亂買了這個那個，也只是被量販店的戰略給操弄而已嘛。

我將喝完的咖啡杯直接放在流理台，接著前往玄關。

開始進行任務吧。

1

同一天的上午九點五十五分，我到達櫸樹購物中心。

離宿舍最近的入口看來已經有七個學生在等待開店。

按性別來分是五個女生與兩個男生。其中女生是分成三人組與兩人組各一。無論哪邊都聊得正開心，感受不到接下來準備前往戰場的氣息。

另一方面，兩個男生則是連年級也不同，分別是一年級與三年級生，他們滑著手機，就算看向後面，也沒有其他人要走近他們的樣子。看來似乎是各自單獨行動。

雖然他們很有可能是要前往家電量販店，但實在難以想像他們的目標是優格機。

一年級男生體型略微肥胖且戴著眼鏡，用雙手抓著橫放的手機。而且還忙碌地一下滑動手指一下點擊，看來他很有可能是在玩手遊。

既然如此，很有可能是以遊戲主機和遊戲片為目標啊。

不過——

我感受到一種奇妙的突兀感。

為什麼沒看到班上同學的身影呢？

我拿出手機，再次打開昨天聊得十分熱絡的群組聊天室。

不分男女生，聊天室內有不少人的措辭像是在斷言，明天會前往家電量販店買想要的商品。

本堂興奮地表示廣告上刊登著他從之前就一直很想要的東西，那則訊息也確實地留在聊天紀錄裡。

雖然那項商品與我無關，但競爭率似乎絕不算低的樣子。

可以看到有很多人擔心即使在開店的同時就衝進去，也不知能否買到，甚至還有人提醒自己要小心，絕對不能睡過頭。

手機的時間向前邁進，來到九點五十六分。

開店時間一分一秒地靠近。然而我依舊沒看到本堂的身影，也不見同年級學生的身影。

從聊天室的發展來看，至少應該會有幾個人出現在這邊，否則就太奇怪了。

「……這是怎麼回事？」

理應在這邊現身的學生不在這裡的突兀感。

現場的七個人當中，也沒有任何一個人表現出心神不定，坐不住的樣子。

一般應該會守在入口附近，抱持著分秒必爭的覺悟不是嗎？

那是悠哉地玩著手遊也能買到的東西嗎？

我感受到內心一陣騷動，決定鼓起勇氣確認看看。

幸好遊戲玩得正開心的是學弟。

「可以打擾一下嗎？」

「……是？」

覺得有些麻煩似的抬起頭來的一年級生果然是在玩手遊。

他似乎按下了暫停鍵，只見畫面停止不動。

雖然立刻感受到他被學長搭話覺得厭煩的氛圍，但我也是為了確認情況，無可奈何。

「你來櫸樹購物中心做什麼？」

「啥？什麼，這是在模仿電視節目嗎……？我不懂你的意思耶。」

「……咦？」

為了不讓學弟感到害怕，我自認已經是盡可能自然地向他搭話了，然而學弟的警戒心好像提升了大約三級。

但現在沒時間悠哉地慢慢來了，因此我無可奈何地切入正題。

「你今天是來看那個家電量販店的大拍賣嗎？因為遊戲主機什麼的好像也很便宜。」

為了盡可能讓他明白我要表達什麼，試著強調了遊戲的部分。

於是他似乎明白了我的意思，露出可以理解似的反應。

然而——

「遊戲主機說是最新機種是很好聽啦，不過是老舊的液晶型，手把也很容易故障，是負評很多的版本喔。說是大拍賣，感覺還比較像出清庫存。遊戲片也是，就算把評價不怎麼樣的舊作按定價打個七、八折出售，我也不想買啊。而且我是習慣買下載版的人。」

「…………」

——原來如此。

我能夠理解學弟說的內容，卻又無法理解。

唯一確定的是他對大拍賣毫無興趣這件事。

「因為今天是我想買的漫畫發售日，只是要去書店而已。啊，學長會好奇我為什麼遊戲明明是下載派，漫畫卻不是買電子書，而是紙本嗎？」

「咦，不……」

「的確，如果是電子書，就能在換日的同時購買，而且隨時都能用手機或平板觀看這點很吸引人呢。但我喜歡把書拿在手上的感覺。應該說我是只有漫畫和小說永遠都想持有紙本派嗎？只不過就像我說的，這僅限於漫畫與小說，除此之外的書即使是電子書，其實也不會太排斥呢。像是彙整了一年份最划算商品的書或寫真集之類的。關於這類型的電子書，是在我容許範圍內的。唉，雖然直到國中為止，那些書我也是買紙本啦。但進入這所學校就讀後，接觸手機和平板的機會也變多，就轉向數位版了。啊，學長要問的已經差不多了嗎？我的手遊正值活動期間，想努力多刷幾次關卡呢。」

本來是打算認真聽他說的，不過已有大約兩成的內容記不住了。

一方面也因為他咬字微妙地含糊不清，總覺得我的大腦拒絕記憶。

學弟以驚人的氣勢講完我根本沒在聽的話後，又重新操作起手機。

他甚至連看都不看我一眼了。

目前時間是九點五十八分。

應該差不多可以看到認識的人或以大拍賣為目標的學生現身才對。

莫非這個活動其實沒有我想像中受人矚目嗎？

是因為就像這個學弟說的一樣，這是名為大拍賣的出清庫存嗎？

但我聽說去年盛況空前，至少就本堂和其他班上同學的反應來看，他們似乎很期待的樣子。

難道是我搞錯日期了嗎？

雖然他們在聊天室說的是「明天」，但有沒有可能是弄錯日期了呢？

或者因為是快換日前聊的話題，其實是從今天來看的明天呢？我開始像這樣思考起來。

急忙拿出手機，再次點進網路廣告。

「……是今天。」

我誤會日期的可能性在一瞬間消失無蹤。

明明開店時間逐漸逼近，聚集在這裡的學生卻一個也沒有增加。

到底是怎麼回事啊……

不，還是別去想這些了。

開店之後就直接前往家電量販店購買優格機。

這樣就好了吧。

「這麼說來啊～剛才優子傳了照片給我，她說北口的隊伍大排長龍耶。妳看這個。」

「好驚人～我去年也有去呢～可是庫存數量太少，沒能買到想要的東西呢。咦，可是為什麼是從北口排啊？」

「因為去年一開店就有一堆人衝進去搶購，當時有人受傷了對吧？就是B班的女生。」

「啊～有、有，但大家都急著去搶購東西所以無視她，好像鬧很大呢。」

「沒錯沒錯。所以從今年開始好像會把顧客聚集在北口，由店員負責引導的樣子。」

我想聽又不想知道的現實傳入耳中。

在得知真相的同時，櫸樹購物中心無情地迎向了上午十點。

2

由於許多學生和學校相關人士湧入，一直熱鬧不已的家電量販店。

我稍微保持距離在旁守望著量販店這樣的盛況。

從開店三十分鐘前就聚集起來排隊的客人們先一步進入店裡，大量採購主打商品。

以一般入場的方式進店的客人，能買到多少好東西呢？

儘管如此，不可思議的是我並不會感到不安。

因為我這麼心想：「會有學生想要優格機嗎？」

不，一定沒有。所以無須擔心——

如此心想的我慢了一步才進入店裡，然而期待遭無情地打碎了。

廣告上的優格機已經售罄。

我被迫面對有人買走了優格機的現實。

看到這個現實，我差點自暴自棄地把手伸向最新型的優格機，但它的價格是特價商品的兩倍以上，因此我勉強克制住購買的念頭，離開了量販店。

現在也能看到買到目標商品的學生們露出心滿意足的表情從量販店裡走出來。

「真不甘心……」

我將此刻的心情誠實地化為了言語。

都是因為自己沒有好好調查大拍賣的販售模式，才會犯下這令人懊悔不已的失誤。

這就是疏忽了收集情報的敗者的末路嗎？

回程路上會經過購物中心內的超市。我彷彿受到引導般被吸進店裡後，連購物籃也沒拿，就筆直地前往乳製品區。

有許多廠商販售的牛奶還有優格。只差那麼一點，我就能獲得把這些牛奶變化成優格的魔法之力了啊。

真的好想試試看。這樣的念頭變得更加強烈了。

平常會直接伸手拿的盒裝牛奶與優格的距離好遙遠。

不，這不只是距離的問題。

簡直就像受到看不見的玻璃阻擋。

少年想要放在展示櫥窗對面的小喇叭的心情，一定就是這種感覺吧……應該完全不同嗎？

就在我胡思亂想的期間，其他人不分男女，接連拿起牛奶與優格去結帳。

我家現在也正缺優格。

但在這邊拿起優格——不就是認輸了嗎？

雖然我這麼勸說自己準備離開，雙腳卻釘在原地。

這是因為——

牛奶與平常不同，正以特價在販售。

而且優格也比平常便宜大約二十圓。

如果沒有優格機那件事，我一定早就買回家了吧。

「…………」

我彷彿被鬼壓床，無法脫離乳製品區。

「以最近的物價來說，雞蛋也很便宜呢……」

由於通貨膨脹與世界情勢的影響，物價正不斷地在上漲。

即使這所學校具備稍微與社會隔離開來的獨特規則，本質依然和外面的世界沒兩樣。

畢業後就得面對眼前的價格，開始過著與錢包商量的生活。

沒有預定要開始那種生活的我說這些話也不太對……

唉，但我現在姑且算是一般人，所以有這樣的想法也無妨吧。

千錯萬錯都要怪我想說只是看一下情況就好，而前來了這裡吧。

總之，唯一可以確定的是不能一直在這裡逗留。

我懷抱捨不得的心情，硬是拖著沉重的腳步，下定決心要離開這裡。

「發生什麼事了嗎？綾小路，第一次看到你那種沮喪的表情喔。」

「……鬼龍院學姊。」

鬼龍院向一直在醞釀撤退心情的我搭話了。

應當十分沉重的雙腳不可思議地變輕盈起來，讓我能順利地離開現場。

畢竟原本就只是依依不捨地順路來看一下陳列出來的優格，並沒有什麼目的嘛。

我就這樣空手離開店裡，於是鬼龍院也從後面跟了過來。

我順著這樣的發展滔滔不絕地說明了事情的來龍去脈。

大概是希望有人聽我說吧。

希望有人可以理解我沒能買到優格機的遺憾。

我告訴她昨天晚上得知有大拍賣這件事。

雖然從開店前就衝過來等待，卻搞錯了排隊的地方。

結果優格機被其他人買走，我沒能入手。

聽完這一連串的經過後，鬼龍院感到滑稽似的笑了。

「綾小路，你實在讓人看不膩啊。真的是個特別的男人。」

「是嗎？雖然我自稱是隨處可見的高中生就是了。」

「這笑話真獨特啊。不，實際上有一部分就如同你所說的吧。」

鬼龍院否定之後，又重新表示肯定。

「正因為你採取的行動實在太像個普通高中生了，我才會笑出來。雖然覺得你拘泥於優格機這點有些奇特，但如果把優格機替換成其他想買的商品，應該也不是多罕見的事情吧。」

「原來如此……」

「不過你有那麼想要優格機嗎？倒不如買常見的市售品，應該比較便宜又安全好吃吧？」

如此說道的鬼龍院轉頭看向逐漸遠離的超市那邊。

「意義在於自己親手做來吃喔。我失去了這個機會。」

「即使你面無表情，可以感受到你的熱情啊。」

「學姊不做料理的嗎？」

我這麼反問，於是鬼龍院毫不猶豫，而且光明正大地點頭了。

「小時候為了讓父母開心，我曾試著挑戰過，之後就完全沒碰了呢。」

「挑戰的結果很失敗嗎？」

「沒有喔？是個難以言喻的結果呢。沒有特別好吃，也沒有特別難吃。雖然我做料理給他們的心意好像讓我父母很高興。一般來說，應該會因為想要再次看到他們高興的表情，繼續提升自己的廚藝吧。」

看來鬼龍院似乎沒有走上那種王道路線，而是果斷地放棄了料理之路。

「我平常都是靠超商或學生餐廳解決三餐。就算順路去了超市，也習慣到配菜區購買現成的食物。」

我原本沒來由地覺得鬼龍院好像也會做料理，但看來正好相反，她完全不下廚的樣子。

聽到她說自己不會下廚後，現在反倒覺得十分合情合理，真是不可思議。

「你呢？是因為怎樣的經過，才會喜歡上做料理？」

「我是從上高中才開始下廚。因為是首次一個人生活，加上又是從D班開始起步，所以也碰過班級點數匱乏的狀況。」

「也就是說你想靠自己煮來省餐費是吧？」

「即使校方有準備可以免費吃飯的方法，但一整年都吃那個也是很痛苦嘛。而且反覆做料理可以提升廚藝，效率也會越來越好。我最近開始想要發揮最大限度的ＣＰ值。」

優格機隱藏著讓我有嶄新進步的可能性。

又開始懊悔沒有買到它這件事了。

「然後呢？如果你無論如何都想要，買下去不就好了嗎？」

「因為跟主打商品的價差實在太誇張了。雖然好像有附加各種功能，但我只是想讓牛奶發酵而已，因此判斷不需要買。」

要是自暴自棄地買了高價商品，才是正中店家的下懷。

「你試著在網路上搜尋過了嗎？」

「不，那倒是還沒。」

「既然如此，你不妨在感到沮喪前先上網看看。意外地可以便宜買到喔。有幾個我很推薦的網站。」

鬼龍院拿出手機，在搜尋欄裡輸入關鍵字。

為了避免擋到其他行人，我們移動到通道邊瀏覽商品。

於是我得知了可以在網路上買到價格跟今天量販店的優惠價幾乎差不多的優格機。

「真意外呢。」

「說是特價，也不過就這樣罷了。不是只有這所學校的家電量販店會因為同個型號的商品滯銷，不知道怎麼處理庫存。這可是現在的年輕人都理所當然會知道的常識喔。」

「我學到一課。」

「你不在網路上買嗎？」

「我現在知道的確可以用差不多的價格在網路上買到，但也有其他新發現。我決定等回房間後，搜尋更簡便的機種來購買。」

因為調查之後發現原本特價的優格機附帶了充分過頭的功能。

而且現在知道省略了更多無謂功能的機種可以用更便宜的價格購入。

「最重要的是總覺得購買同樣的優格機就輸了。話說回來，鬼龍院學姊不用買東西嗎？」

「我是看到你蜷縮起來的背影，覺得好像很有趣才追上來而已。並沒有要到超市買什麼。」

看來她似乎不是要到超市購物。

「學姊居然為了看我罕見的模樣特地來搭話，還真是奇特呢。」

她是寒假真的太閒，沒事可做嗎？

「我知道你在想什麼喔。話先說在前頭，我可不是因為很閒才來插手好像無關緊要的事。」

「如果是這樣就好，但感覺真可疑呢。」

我老實地說出自己的想法，於是鬼龍院露出苦笑後，重新向我說明。

「因為不是別人，是綾小路你啊。」

「我不是值得學姊讚賞的人喔。」

「你應該知道現在才謙虛也毫無意義吧。我在無人島跟你一起行動過，只要看到你與他們對峙的模樣，就算不願意，那些記憶也會烙印在腦海中。」

夏天，我與月城在海邊進行最後決戰的那個場面。

畢竟鬼龍院當時也以幫手的形式和應該是月城部下的司馬交戰過嘛。

不只是肉體層面，我在那個異常的場面處於一般來說不會發生的狀況中，她會對我另眼相看也很正常啊。

「正因為這樣，我才深感遺憾。」

「遺憾？」

鬼龍院彷彿準備告白一直隱藏在內心祕密的少女一般，深深嘆了口氣。

「我夏天時經常在想，要是這所學校有留級的制度就好了。」

「留級嗎？」

這感覺是無法在A班畢業的學生走投無路時至少會浮現一次的想法。

但他們會立刻死心。

追根究柢來說，這所學校在基本規則上就不承認留級這種制度。

「這想法很愚蠢對吧？」

「無庸置疑。大多數學生不會試圖反抗既定的規則。」

要打破規則這件事本身，無論是誰都辦得到。

困難的點在於反抗、顛覆，還有說服其他人與改變其他人。

「就算這樣，我還是很想考慮看看明年留下來的選項。假如這個願望可以實現，就能近距離觀察你一整年的生活吧？」

「居然也有學生在考慮這種事呢。學姊果然很奇特。」

畢竟是鬼龍院，她應該不是只有在腦海中妄想而已吧。

「沒有個人點數買不到的東西──雖然我試著以這個基準為根據向教師確認過，但得到的答案是否定的。」

「我姑且問一下，即使準備兩千萬點這個最高金額也沒用嗎？」

在不承認留級的這所學校中，只有支付龐大的代價才能顛覆校規吧。

我這麼反問是很好，但從鬼龍院的表情來看，似乎不用聽也能知道答案啊。

「在這所學校最奢侈的購物，就是能夠轉入任何班級的權利。因為除非是特立獨行的奇葩，否則只要在即將畢業前轉入A班，就能實現這三年來的夢想。」

「說得也是呢。應該不存在比這更奢侈的購物了吧。」

確定是A班∨留級這種權利平衡是絕對不變的。

有誰會想要把兩千萬點投資在高風險的留級上面呢？

「那麼為何即使準備一筆鉅款，也不允許留級呢？你不覺得很不可思議嗎？學校的規則書上有寫到阻止退學或使退學無效，以及轉班等權利，但留級這個制度打從一開始就被排除在外。」

確實就如同她所說的。個人點數的價值即使說是沒有買不到的東西也不誇張。然而在這當中卻存在買不到的東西這個事實。

如前所述，一般無法判斷刻意留級這件事本身對學生而言會比轉入同年級的A班更有價值。

即便如此，校方仍然不承認留級，必定存在著理由。

「希望留級的學生會比其他人在這所學校多待一年以上，因此會兼具更多針對特別考試等測驗的知識。從情報這個觀點來看，好像可以判斷這樣對其他班級不公平就是了。」

情報嗎？確實也可以這麼想，但就算不留級也能夠共有情報。善良的學長姊可以為了學弟妹在日常生活中輕易地儘量留下情報。而且情報的好處對占優勢應該發揮不了太大的作用吧。

我們進行的特別考試，基本上會跟上一個年級不同。

即使在筆試等測驗中能居於優勢，這點會對眾多人造成巨大影響的可能性很低。

「應該是因為那樣恐怕會降低學校的價值吧。」

「哦？這話是什麼意思？」

「這所學校會賦予在A班畢業的學生很大的恩惠。企業也會判斷在A班畢業的學生很優秀，認定合格或錄取。但有留級的學生混在這裡面時，不會對學校的價值產生疑問嗎？畢業生準備升學的學校和就業的公司只能看到結果，站在他們的角度想，他們會看到這個人雖然在A班畢業，卻不知為何有留級的事實。這點也可以套用在鬼龍院學姊身上。學姊會是做了沒有效率的事，不

應屆在A班畢業，而是選擇留級的怪人。雖然學姊具備實力，但對錄用人的一方來說，看起來會遜色不少，變得很難對學姊做出高評價。」

以學校的立場來說，也會變成校方不想送出去的學生吧。

「也就是說這是為了排除麻煩的情況，才不採用留級制度嗎？」

「我想這應該是最合乎情理的假設吧。」

「聽起來有十足的可能啊。如果是我來面試我自己，可能不會考慮錄取也說不定。」

這是對自己的能力有自信，才說得出口的自虐哏呢。

「如果學姊會因為心血來潮考慮留級，倒不如請妳轉到南雲班吧。」

「我對那件事不感興趣啊。」

「即使妳手邊有僅憑一己之力存起來的兩千萬點也一樣嗎？」

「即使有也一樣。因為不管在哪一班畢業我都無妨。」

「雖然對鬼龍院學姊而言，妳判斷在A班畢業與在D班畢業差不了多少，但一般會認為如果能在A班畢業，是最好不過的。」

如果前提是沒有人會因此不幸，轉到A班會比較好。

「因為畢業後有把個人點數實際兌換成現金的制度嘛。對我而言，這件事重要多了。」

無論金額多寡，對剛從高中畢業的學生而言，都會是一筆重要的資金。

只不過在A班畢業這點隱藏著對將來大有幫助的可能性，一般人果然還是不會拿來放在同一個天平上衡量。

「個人點數可以實現學生大部分的願望，但也不是無所不能。或許也包含了這層意義呢。」

「是啊。畢竟我們也不可能把合不來的教師炒魷魚嘛。」

鬼龍院咧嘴一笑，說出有些危險的話。

「學姊說得好像曾經試圖那麼做呢。」

「呵呵，這點我就不予置評吧。」

「學姊真的對A班不感興趣呢。」

「那也沒什麼好吃驚的吧。或許我的確算是比較少見的類型，但我不認為自己是第一人。而且綾小路你應該也差不多是這樣吧？」

我的確對在A班畢業這件事沒什麼強烈的執著。

因為我不會受到在A班畢業最大的恩惠——也就是校方豐厚的援助。

「或許鬼龍院學姊跟我的確沒差多少。但是，即使至今曾經有過跟我一樣對A班不感興趣的學生，果然還是與鬼龍院學姊有很大的差異。」

「那個差異是指？」

「就是對班級的貢獻。一般來說就算不需要為了自己，也會為了同伴行動。如果是實力高強

的鬼龍院學姊，也能協助B班與南雲前學生會長交鋒。縱使個性和想法不同，學姊的同班同學應該也不只一、兩次想要依靠學姊妳吧。」

是啊——鬼龍院彷彿事不關己似的肯定。

「但這三年來，學姊一直到現在都不為所動，只為了自己而行動。」

「我也有可能在私下以自己的方式對班上做出貢獻吧？說不定只是我敵不過南雲而已。」

「只要看到同班的桐山學長——不，只要看到三年級生整體就能明白。鬼龍院學姊只會為了自己而行動，話雖如此，也不會拖累其他人。所以無論是敵人或同伴，都當作妳不存在。」

無論是對同伴或對敵人而言，都近乎空氣的存在。

與有沒有能力無關，要成為空氣並不是一件簡單的事情。

「也曾經有人發出不滿和怨言，但回過神時已經沒人會向我搭話了啊。」

只不過即便如此，同學們還是逼不得已地容許鬼龍院我行我素，只要看成績就能明白原因。

鬼龍院無論學力或身體能力都是高水準，且受到校方評價，這就表示她在筆試和運動相關的課程或大會中都能獲得一定的成績。就像我們班的某人（也包括我就是了）一樣，在看得見的部分不會偷工減料。

「我也可以稍微提出幾個問題嗎？」

「學姊有什麼想問的事情嗎？」

「那是個愚蠢的問題吧。我有無數想詢問你的事情。但就算提出十幾二十個問題，也只會讓你感到困擾，而且沒人能保證你會誠實回答。」

我懂得拿捏分寸——鬼龍院說了這樣的開場白後，說出她所謂的問題。

「你之前背負的各種問題可以當作是已經解決了嗎？」

雖然定義很廣泛，但用不著深入思考，也能明白她指的是什麼。

「託學姊的福，我現在每天都過著安穩的生活。」

我像是要表示現在也過得很安穩一般，用身體強調我在這邊走路的事實。

「無論回想幾次，我都難以忘懷那時在海邊看到的你流利的動作。遠遠超越了我能夠設想、想像、考慮到的人類潛能範圍。即使告訴爺爺大人，他大概也不會相信吧。」

「爺爺大人？」

「抱歉，那說法很難懂嗎？我是說我的祖父。」

如此說道的鬼龍院像是回想起祖父的事情般，一臉懷念地瞇細雙眼。

即使可以理解她話語的意義，不過平常應該沒什麼人會稱呼祖父為爺爺大人。

「妳的稱呼方式很奇特呢。」

「別看我這樣，我也算是有錢人家的大小姐呢。在家裡經常是那樣稱呼祖父的。」

「原來是這樣嗎？不，感覺也不是不像啦。」

我從之前就隱約感受到她似乎很有教養。

但相反地也散發出粗暴的感覺，因此沒有任何可以讓人秉持確信的證據。

「比起忙於工作的父母，小時候我跟爺爺大人一起生活的時間還要更長。如果要用平易近人的說法來描述，就是我曾經是個相當黏爺爺的小孩。」

鬼龍院感到懷念似的瞇細雙眼笑了。如果有很多討厭的回憶，是做不出這種表情的。

「知道要進入這所學校就讀時，想到有三年時間都見不到爺爺，我非常沮喪呢。」

「爺爺也很疼愛鬼龍院學姊呢。」

「他常像口頭禪似的在講歡迎我隨時退學啊。」

對於接下來即將振翅高飛的孫女，這番話實在相當過分。

光是這番發言，就感覺他不是一般的祖父啊。

「不過，如果學姊真的退學了，他應該會大受打擊吧？」

「不，如果是爺爺大人，肯定會由衷地感到高興。說起來，倘若我沒有決心要靠自己決定自己的道路，只要爺爺大人一聲令下，我大概也能進入大部分的大學或企業吧。」

也就是說，縱然鬼龍院沒有在A班畢業，也能從祖父那邊獲得足以匹敵——不，甚至是更豐厚的支援。看來她似乎兼具權力與寵愛。

我們班上也有一個雖然想法不同，但立場有些相似的男人啊。

「鬼龍院學姊該不會認識高圓寺吧？」

「高圓寺？為何會突然提到高圓寺的名字？」

「理由嗎？妳看，就是那個。」

因為我在視線前方看到高圓寺正朝這邊走過來的身影。

加上話題的內容，我不禁開口詢問他們是否有關係。

「我想我跟那種怪人應該是無緣吧。」

周圍的學生們用看到奇怪事物的眼神注目著高圓寺。

他一個人抱著很大的箱子，箱子上有知名廠商的商標。我從紙箱獨特的形狀推測裡面裝的是什麼。應該是大尺寸的薄型電視吧。

「學姊不認識他嗎？高圓寺好像是相當有名的實業家的兒子喔。而且聽說他已經被提名為下任社長了。」

「是這樣嗎？或許那就是他豪放不羈的根源吧。但不巧的是我對那方面的事也不熟悉。不過如果是有名的實業家，即使和爺爺大人有關係也不奇怪……哎，無論如何都跟我無關就是了。」

看來鬼龍院似乎不具備政界實業界的相關知識。就這層意義來說，「綾小路」這個有點罕見的姓氏不會讓她感到在意這點，實在是謝天謝地。

哎，就算她對這個姓氏有印象，也不可能直接連結到我吧。縱然罕見，也沒那麼輕易地會聯想到等於相同血統。

「莫非那就是學姊對A班沒興趣的根源？」

「怎麼可能。畢竟我是因為對誕生在那種富裕家庭感到厭煩，才決定來這所學校的嘛。我不打算在畢業後投靠家裡。因為三年級生的班級競爭早已結束，我跟B班以下的其他學生一樣專注於升學或就業活動。」

也就是說鬼龍院已經確定自己的出路。

而且她似乎不打算接受家族的寵愛。

「可以請問鬼龍院學姊打算踏上怎樣的道路，讓我當作參考嗎？」

「我會先進入大學。只要以優待生的身分入學，就能減免必要的費用。日常生活不夠用的錢就靠打工來賺。這也不是什麼值得一提的事情。」

「先不論優待生的部分，感覺就是個普通學生呢。」

「我要自由隨性地一個人勤奮念書，邁向成人。之後再找間中小企業就業，開始工作。就算是更小的公司也無所謂。總之我要過著跟鬼龍院的名字與地位無緣的生活。」

在社會中不引人注目、無拘無束且自由地度過人生。

從鬼龍院的話語中彷彿能感受到她這種強烈的意志。

「感覺不錯呢。」

「對吧？不需要什麼特別的東西。至少現在的我是這麼認為的。」

就某種意義來說，這跟我進入這所學校就讀時的想法十分酷似。無論班級會上升或下降都與我無關。我是為了自己的自由繼續生活。

貫徹了這種想法三年的人物就近在身旁。

「不過，安穩又和平的人生看似能輕易入手，卻又沒那麼簡單。即使現在這樣就行了，但畢業後就算不願意，鬼龍院這個名字也會跟著我不放。」

雖然我對鬼龍院的血統一無所知，既然是有一定知名度的門第，在某種程度上被鋪設好人生軌道是很自然的事情。

即使像我一樣因為反抗心而逃進這所學校，一旦經過三年，就算不願意也得面對尾聲。

「爺爺不會放任妳不管嗎？」

「不，真要說的話，應該是我父母吧。他們跟爺爺大人不同，沒有絲毫幽默感。倘若知道我過著普通的人生，不難想像他們會做出怎樣的反應。」

搞不好這一點也跟我的家庭狀況有些類似。

像這樣聽她說家裡的事情，總覺得狀況跟我十分酷似。

「我對自己三年來的行動毫不後悔。一直是隨心所欲。」

儘管她堅信地如此宣言，側臉還是透露出一絲迷惘。

「就算這樣，內心還是悶燒著一個念頭——想要看看沒有選擇只追求自由的自己。或許是這點表現在摸索著是否能留級的行動上了吧。」

假如鬼龍院學姊卯足全力度過這三年的生活。

對南雲率領的A班而言，肯定是會成為威脅的存在吧。

按照家世去生活，或許也是一件困難的事。

「你跟南雲的戰鬥還沒有結束吧？你打算怎麼做？」

「如果有機會我是想做個了結，但不曉得會變得怎麼樣呢。」

一切都是由學校決定。其中會不會出現我或南雲能介入的餘地，就要看運氣了。

而且——

跟我是否希望無關，也有無法實現的路線吧。

「雖然我不覺得你會大意或傲慢，但第三學期你姑且還是提高警覺。」

「這是來自學姊的忠告嗎？」

「沒有到能稱為忠告的程度。只不過前幾天我聽到南雲跟某人在講電話。他好像埋頭在收集二年級生的傳聞。」

為了實現跟我的戰鬥，南雲比別人更加倍努力地在收集情報嗎？

「你要參加的下場特別考試，說不定會有比想像中更棘手的事物在等著你啊。」

「校方應該不會私下洩漏情報吧，但好像能夠從過去的統計輕易地推測出特別考試的難易度嘛。在學姊二年級的第三學期開始時進行的特別考試，實際上怎麼樣呢？」

如果接連出現類似傾向的機率很高，南雲應該就是從去年的特別考試進行聯想的吧。

「天曉得。我們這個年級是由南雲統率一切，掌握所有權限。我只是在B班過著校園生活罷了。那些事情不會一一記得。」

「原來如此。」

以本質來說，鬼龍院的確不太會參加特別考試吧。

但她說「不會記得」這個部分讓我有些在意。

「不過在那次特別考試舉行時，B班有一名學生離開了啊。」

「離開——也就是說那個人退學了嗎？」

「我記得是這樣。恐怕是所謂必要的犧牲吧。大概是因為南雲的調整，遭到切割了吧。」

南雲盤算的理想勝負與報酬。

倘若是必然有人退學的特別考試，難免會出現不少犧牲者。

如果鬼龍院說的是事實，也有可能第三學期才剛開始就有嚴酷的發展在等著我們嗎？

「雖然感覺大多會從D班或C班刪減人數就是了。」

「這就難說了。我完全不記得其他班級的情況。」

比起今天早上成為焦點的電視新聞，她應該對其他班級的事情更不感興趣吧。

即便如此，她說自己什麼也不記得，但一些重點部分似乎還是殘留在記憶中。

「話雖如此，也未必跟去年是一樣的考試吧。你也沒必要那麼緊繃。」

「就算什麼都不清楚的鬼龍院學姊這麼說，也沒有說服力呢。」

現在我就先不深入追究，讓她含糊帶過吧。

「把你叫住真不好意思啊。倘若不是這種時候，就沒辦法跟你熱絡地聊些無關緊要的話題。

這次是個很棒的機會。」

「我才是很慶幸能與鬼龍院學姊聊天。」

鬼龍院背對著我準備邁出步伐，但她立刻停下腳步，轉過頭來。

「這只是我的直覺，總覺得在不久的將來——會跟你在這所學校以外的某處再次重逢。」

「學姊的直覺很準嗎？」

「平常大概有一半機率會命中吧。」

那好像真的能稱為只是她的直覺呢……

「不過這次我挺有自信的。硬要說理由的話，就是因為你並非普通的高中生。只要你沒有埋

沒在社會中，遲早會再引起我的注意吧。」

「不要變成那樣不是比較好嗎？鬼龍院學姊應該期望過著普通的人生。」

「嗯？呵呵呵，說不定的確是那樣啊。」

鬼龍院稍微舉起手，邁步走向櫸樹購物中心外。

在某處重逢嗎？

那樣的未來恐怕不會來臨。

不過，假如有那樣的未來——

不，捨棄那種想法吧。

那種將來的妄想毫無意義。

我現在正自由地活在當下。

光是這樣就足夠了。

3

與鬼龍院分別後，我在回程途中想起今天早上與一之瀨的對話。

雖然她很在意我是否會來櫸樹購物中心，卻不清楚她究竟有什麼事想找我。

一般來說應該用手機告訴她我在購物中心裡這件事，但她好像拒絕我那麼做嘛。

而且如果去解讀她那種獨特的說法，應該是判斷就算不特地尋找，只要前來櫸樹購物中心就能見到我吧。

我沒有採取尋找一之瀨的行動，而是選擇先打道回府。

如果在走到外面前沒能見到她，也可以再折返回頭嘛。

我這麼心想，回到購物中心的入口附近。

這裡設置著大型聖誕樹。昨天也有很多朋友與情侶在這棵聖誕樹前拍照或觀賞，但這棵樹也會在明天撤除。

病倒在床上的惠應該非常懊悔吧，但流感是悄悄流行起來的預兆，學校整體已經有將近二十名學生出現陽性反應，所以這也無可奈何。

我通過聖誕樹旁，果然有很多學生聚集在這附近。

不，如果只看這個瞬間，說不定學生的數量還比昨天更多。

我在這些人群中發現一之瀨的身影。

她目前被三個一年級女生圍住，很開心地露出笑容，聊得很起勁的樣子。

我沒有勇氣在這時上前搭話，因此決定暫時保持一段距離，在旁守望。

於是應該是碰巧路過的星之宮老師與走在她旁邊的茶柱老師發現了我。

一旦開始放長假，看到教師們便服裝扮的機會也跟著變多，就算這樣，喜歡穿西裝的茶柱老師還是讓人忍不住感到突兀。

「奇怪～？你一個人嗎～？」

最先向我搭話的是星之宮老師。茶柱老師追在她後面跟了過來。

「嗯，是啊。」

「我還以為你昨天跟今天一定和女朋友在卿卿我我呢。被甩了嗎？」

「知惠，別揶揄學生了。而且輕井澤是得了流感。」

茶柱老師說明這是有原因的，但——

「我知道～」

「妳明知道還故意揶揄他嗎？」

「因為感覺很不爽吧？應該說年紀比我們小一輪的年輕學生居然是跟戀人一起度過聖誕節這種事不可原諒嗎～？」

「直到去年為止，妳也是每年都那樣度過吧。只是今年不是那樣而已。」

「所以才無法原諒呢。我說不定是首次能夠理解小佐枝的心情。」

「別把我跟妳相提並論。我並不會排斥一個人過聖誕節。不過真遺憾啊，綾小路，你跟輕井澤沒能見到面吧。」

「這也沒辦法啊。而且我也不排斥一個人度過聖誕節。」

我如此回答，於是茶柱老師稍微笑了，星之宮老師則相反，好像不太高興的樣子。

看到形成對比的兩人，我想起真嶋老師。

要是替其中一方撐腰，確實沒有比這更麻煩的事了吧。

「老師們接下來要去哪裡呢？」

「要去ＫＴＶ～畢竟我們這些老師也有享受假期的權利嘛～對吧～？」

「雖然想唱歌的只有知惠就是了。我只是被迫陪同而已。」

「咦～是嗎？小佐枝也很起勁不是嗎～？」

「我才沒有很起勁……」

要是因為班級競爭一直處於緊繃的氣氛中，教師們也會感到厭煩吧。

不曉得她們的感情到底是好還不好，只見她們兩人一邊互相發著牢騷，一邊前往ＫＴＶ了。

我目送她們離開，回過神時，發現一之瀨看著我這邊。

看來女生間的對話也結束了，反倒讓她等我的樣子。

「還真巧呢。綾小路同學。」

「是啊，真巧呢。妳跟一年級的學妹看來也聊得很開心啊。」

「她們是一年B班的學生。原本在學生會的八神學弟突然退學了對吧?應該說他退學的影響還殘留著嗎?感覺學弟妹還有些混亂的樣子。即便如此,他們好像也慢慢變樂觀起來了。」

既然八神是為了讓我退學才被送進來的,應該不會懲罰班級,但班級還是會背負人數缺少這種無法避免的損傷。這種艱辛的狀況接下來會持續一陣子吧。

「妳從什麼時候開始在這裡的?」

「大概是十點半前吧。」

考慮到現在快要十二點,這表示她已經在這個地方等了一小時以上嗎?

不對,用「等待」來形容很奇怪嗎?

一之瀨今天終歸是基於她的行動理念在行動。

「欸,綾小路同學。可以跟我拍張照嗎?」

如此說道的一之瀨有些害羞似的拿出手機。

「為了留下回憶,我今天跟很多人在這裡拍照。」

是為了證明她說的是事實嗎?一之瀨打開照片資料夾,讓我看日期是今天的部分。可以看到她的確跟形形色色的學生們在聖誕樹前很開心地拍了照片。

其中也包含一之瀨跟自己班上的男生們合照的瞬間。

還有她與剛才那些一年級生們的合照。

一之瀨說她是為了留下回憶才在這個地方等待，隨後我立刻明白她真正的目的。

「但是──我想拍跟綾小路同學你的合照。這就是我最大的願望。」

一之瀨沒有繼續說明詳細的理由，但不難領悟到。

假如她的手機裡只有跟我的合照，惠和她的朋友得知這個事實時，表情應該會很難看吧。

不過，如果是與關係親近的不特定多數人，而且是不分男女都一起拍照，萬一遭到質問也不會產生問題。

實際上雖然不多，也能看到一之瀨跟其他班男生的兩人合照。

似乎是被一之瀨搭話很開心，男生有些害臊似的朝鏡頭比著V字手勢。

與年級無關，而且就連男生的類型也沒有一貫性。

看來她對向自己搭話的學生都一視同仁，答應與他們拍照的樣子。

「所以說……你可以跟我拍張照嗎？」

「我當然沒有理由拒絕。」

「太好了。」

要說她只為了與我拍照而特地這麼做，耗費的心力實在相當驚人。

「其實我原本沒有打算跟這麼多人拍照的，但不曉得是否聽到了消息，有很多人向我搭話。

其實有一點頭大呢。」

看來一之瀨想和許多人拍照的傳聞似乎流傳開來了。

「妳大概跟幾個人拍照了？」

「我想想，加上剛才那些人好像是第四十三人吧。」

那還真是拍了不少照片啊……可以窺見是以相當快的步調在拍照。

「這之後我也打算再繼續拍一陣子。要是在這邊就停止了，感覺意味深遠對吧？」

一之瀨表示這是為了在達成目的後也不留下痕跡。

「唉，雖然在不同的意義上，看起來也沒有比較不可疑就是了。」

一之瀨回顧自己客觀來看可能會被人認為很奇怪的行動，露出微笑。

假如是我做了同樣的事情，肯定會澈底被當成可疑人物看待吧。

然而即使是相同的行動，由一之瀨來做，看起來就完全不同。

一之瀨拉起我的手臂，像要調整角度似的引導著。

然後她湊近我，把手機轉成前置鏡頭，拿在自己手上。

「如果是現在，也沒有其他人在看。」

一之瀨似乎經常在觀察周圍，似乎判斷現在是絕佳的大好機會。

她伸手勾住我的手臂並拍照。

然後接著以手沒有勾住我手臂的狀態，稍微拉開一點距離拍照。

「一開始那張我不會留在手機裡面……可以吧？」

「這是要我事後同意嗎？」

「……也是呢。如果不行，我現在就刪除。」

「不，妳大可留著。就算被人看見那張照片，我也不打算責怪妳。無論怎樣利用，都是允許妳拍照的我要負責。」

「這麼說沒關係嗎？假如我拿來濫用，你跟輕井澤同學的關係說不定會產生裂痕喔……？」

「答應讓妳拍照在先，事後才來抱怨比較奇怪。沒錯吧？」

既然要拍照，沒有這種覺悟是不能讓人拍的。

當然了，如果是強迫的就另當別論。

我們拉近距離的時間大約十秒鐘，回過神時已經是平常的距離。

這段期間沒有任何人看到我們親密的模樣。

「這麼說來，綾小路同學，你昨天跟小千尋見面了對吧？」

千尋指的就是白波。我回想起她戴著耳罩式耳機聆聽音樂的身影。

「妳還真清楚呢。」

「因為我們常聚在一起，跟平日或假日無關。然後昨天小千尋的樣子該說感覺有點不同嗎？雖然沒有具體問她發生了什麼事，但她對綾小路同學的名字有反應，所以我在想是不是你們有見

面聊了什麼。」

一之瀨經常在關心同班同學的精神狀態，察覺到變化這種事，對她而言或許是小菜一碟吧。

「順便問一下，那個感覺有點不一樣是什麼狀況？希望不是朝不好的方向變化。」

「那倒是不要緊。雖然不曉得你們聊了什麼，感覺昨天的小千尋比平時更常露出笑容。」

儘管是有點危險的賭博，催促她做好覺悟這件事，似乎朝好的方向發揮了作用。

「那就好。」

「但是——」

我為白波的成長感到高興，但一之瀨並未就此結束話題。

「就算她現在最關心的還是我，你可不能過度干涉喔？因為她有些容易被牽著鼻子走。」

她警告我不要再繼續拉近與白波的距離。

「你想和小千尋玩的時候，希望也可以找我一起呢。」

「知道了。我一定會那麼做。」

是身為守護班級者的職責，或者是為了自己採取的行動呢？

倘若今後有與白波見面的情況，得多留意一下才行呢。

「一之瀨學姊！綾小路學長！午安！」

「啊，是七瀨學妹。」

發現我跟一之瀨的七瀨稍微小跑步地靠近我們。

「我聽說學姊會在這裡和大家一起拍照，就過來了。」

看來傳聞甚至開始流傳到七瀨那邊了。

「一個不小心，可能會一發不可收拾吧？妳搞不好得拍照拍到半夜呢。」

「真的變成那樣，就到時候再說吧。我說不定會變成跟全校學生在聖誕樹前拍過照的傳奇女子呢。」

一之瀨露出笑容，用玩笑回應我的玩笑。

「綾小路學長也是一起的嗎？」

「喔，不是，我也是聽到傳聞，才來跟一之瀨拍照的。我不會礙事。」

因為隨便加入也不好，我決定退一步。

「大家一起拍照我也完全不介意喔。」

「不，還是算了。像一之瀨這樣被綁在這地方很難受，而且想跟我拍照的人也沒那麼多。」

察覺到狀況的七瀨沒有勉強我，與一之瀨並肩而站。兩人為了拍照開始調整位置，但七瀨好像注意到什麼，忽然停止動作。

「不好意思，可以請學姊等我一下嗎？」

「嗯？是沒關係，怎麼了嗎？」

七瀨向一之瀨道歉，同時飛奔到某個方向。

那前方似乎可以看到與七瀨同班的學生——寶泉的身影。他一臉凶狠的表情獨自走在路上，看也不看這邊一眼。

七瀨彷彿小狗般靠近那樣的寶泉身旁並向他搭話，然後手指比向這邊，說著什麼。

「莫非她是在邀寶泉學弟一起拍照嗎？」

「看起來……是那樣啊。」

雖然邀同班同學一起拍照沒什麼好奇怪的，但對象是那個寶泉。

無論怎麼想，他都不是那種會跟人一起拍照的類型。

然而結束與七瀨簡短的對話後，寶泉不知是想了些什麼，他依舊一臉凶狠地轉身朝這邊邁出步伐。

「他好像，要過來呢。」

「看起來……是那樣啊。」

寶泉的視線不只是看向一之瀨，也捕捉到站在旁邊的我。

難得我正過著悠哉的寒假，實在很想避免似乎會成為新火種的麻煩。

「那個，請問可以讓寶泉同學也一起拍照嗎？」

「當然可以啊，不過沒問題嗎？」

寶泉也希望這麼做嗎？一之瀨這番話包含了這樣的確認。

寶泉一言不發，只是看著我與一之瀨——再重複一次，是用凶狠的表情看著我們。

「我想完全沒問題。好啦，寶泉同學也這邊請。」

如此說道的七瀨近乎強硬地推著寶泉的背後。

原本以為寶泉一定會抵抗，但意外的是他用輕快的步伐拉近了距離。

「你從剛才就一直盯著我看。我的臉上沾到了什麼嗎？」

才心想他終於開口了，卻是一邊瞪著我一邊如此找碴。

「不，該怎麼說呢——」

不管怎麼想，這行動都不像他平常的作風。讓人不禁懷疑有內幕也是很正常的。

「啊？要是有話想說，就說出來啊。」

「沒什麼。」

「哈！」

我選擇退一步，於是寶泉不屑地哼笑一聲，移開了視線。

那股魄力讓人難以想像他是一年級生。要是不小心與他扯上關係，應該會被捅一刀吧？

雖然寶泉對我說了有些粗暴的話，他跟七瀨還是與一之瀨拍了合照。

寶泉原本好像還想說些什麼，但他將手插入口袋，邁步離開了。

「到底怎麼回事啊？」

七瀨走近感到莫名其妙的我身旁，用別人聽不見的聲音低喃：

「其實寶泉同學挺喜歡一之瀨學姊的。」

「……真假？」

實在是看不出來他喜歡一之瀨。不，雖然我覺得他老實地與一之瀨並肩拍照的行動很奇怪，但就算這樣，這件事也太出人意料。

「我想他應該是聽說學姊在這裡跟人拍照，才過來觀察情況的。」

也就是說他並非碰巧路過，而是另有所圖嗎？

「不，但這是碰巧吧？」

「應該不是。因為我是被寶泉同學叫來櫸樹購物中心的。大概是因為就憑他自己一個人不敢向一之瀨學姊搭話，為了利用我才叫我過來的吧。」

假如這是寶泉計算好的，那他真的只是想跟一之瀨拍照而已嗎？

至少就剛才的狀況來看，從他的態度實在感受不到是那麼回事。

因為寶泉早已不見人影，也沒有辦法更進一步確認。

「啊，一之瀨～也跟我合照吧～」

三年級的女生二人組一邊揮手，一邊走近一之瀨身旁。

只要一之瀨一直在這裡逗留，慕名來拍照的人搞不好會越來越多。

我稍微點頭向學姊致意後，決定拉開距離。

「再見嘍，綾小路同學。」

一之瀨輕輕地對我揮手道別，她表現出自然的應對，似乎已經切換心思到學姊身上了。

好像變成了相當大規模的事情，但我只不過是多達四十三人……加上我、七瀨與寶泉就多達四十六人的其中之一罷了。

互相試探

十二月二十六日。

這一天包括沒有社團活動的須藤等人在內，堀北班的學生們在櫸樹購物中心的咖啡廳集合。

集合起來的總共八人，分別是池、須藤、篠原、松下、森、王、前園和小野寺。

提議召集這些成員的人是前園，但在她提出想要討論「關於班級今後的重要議題」時，無論是誰都一度感到疑惑。

首先，這個議題實在過於嚴肅且正經，不像前園這個女學生會提出的議題。

還有應該能稱為班級主要人物的人都刻意排除在外。

為何她沒有召集能夠說是班級主要成員的堀北和平田等人呢？

如果要討論班級的今後，他們本來應該是不可或缺的人物們。

只不過被選中的這八人大多對聚集起來這件事本身沒什麼強烈的抗拒，因此把前園的邀請當成是遊玩的一環，點頭答應了，只有松下始終對這件事感到疑問。

不過松下並沒有直接向前園提出這個疑問，表面上她就跟答應朋友邀約的其他六人一樣，以只是在普通的聚會上露面這種形式出席。

因為人數共有八人，比較多人的關係，前園指定的集合地點是櫸樹購物中心的咖啡廳。

在約定好的十一點半到來時，除了池跟篠原以外的六人都齊聚一堂了。

看到聚集起來的成員，松下更感到疑問了。不光是人選，前園打算在這種地方大剌剌地討論關於班級今後的議題嗎？

從前園的性格和能力來看，松下原本就不認為會進行一場有內容的議論。

就算這樣，既然號稱是重要議題，還是希望她至少嚴格挑選一下地點。

前園絲毫沒有表現出可以理解松下這種想法的態度，她正熱絡地討論著昨天看的電視節目，高聲大笑。

雖然松下跟前園算是比較親近，但感覺她最近好像比以前更活潑的樣子。

「抱歉，讓你們久等了～」

先不管松下的思考，池與篠原晚了一點才抵達集合地點。

兩人手牽著手，表現出感情和睦的模樣，然後在周圍的人很自然地幫他們安排的並排椅子上坐了下來。

「你們不要大白天就公然卿卿我我地登場啦。話說你們遲到了。」

儘管不敢領教他們的愛情熱量，須藤仍如此吐槽池。

「嘿嘿嘿，沒那回事啦。皐月，對吧？」

「對呀對呀，這樣很普通。須藤同學也經常遲到不是嗎？」

看到兩人即使坐在椅子上也不打算放開牽著的手，須藤嘆了口氣。

「最近不會遲到了啦。」

他姑且這麼回應，然而似乎沒有傳入篠原等人的耳中。

「欸，他們兩人……」

「好像是呢。」

聽到前園的耳語，松下點頭回應。

是二十四日還二十五日呢？兩人的態度很明顯地在其中一天後改變了。

那肯定是其他人預測的兩人從到目前為止的關係中跨越了那條線吧。

雖然在教育旅行時也有傳出那樣的傳聞，但沒有確切的證據，不過兩人現在的態度讓同班同學們確實地領悟了。

「寬治那傢伙……」

須藤跟池認識很久，感情好到去年曾好幾次熱烈地討論如果交到女友想做什麼。儘管被搶先一步這點讓須藤有些不甘心，但一直看他們放閃的模樣，甚至讓人傻眼。

這在無意識中化為沉重的嘆息出現。

「須藤同學，怎麼了嗎？」

坐在須藤旁邊的小野寺無法理解須藤複雜的心境，有些擔心地小聲問道。

「沒什麼。先別提這些，班上好像恢復原狀了，不是很好嗎？」

「是啊。畢竟到沒多久前為止，氛圍一直很緊張，感覺一觸即發嘛。」

全場一致特別考試剛結束時，加上櫛田毫不留情的爆料，讓一部分的人擔心有些友誼關係說不定會崩壞。

喜歡平田的事情被公諸於世的王因為松下等人幫忙打圓場獲得救贖，遭揶揄容貌的篠原也因為有池這個男友的支持，澈底重新振作起來了。

能夠像這樣聚集起來，就是大家花時間慢慢在修復關係的證據。

「前園～差不多該進入正題了吧。」

須藤實在看不下去甜膩的情侶打情罵俏，如此催促著。

「這麼說也是呢。咳哼，今天謝謝大家願意聚集起來。」

前園首先對自己找的七人都願意赴約一事表達感謝。

雖然前園剛入學沒多久時說的話和態度都很糟糕，經常一副要吵架的樣子，不分對象到處找碴，但她似乎慢慢冷靜下來，變得圓滑不少，至少現場這些成員現在看來沒有對她避而遠之的樣子。她跟王和佐藤反倒是近乎摯友的立場。

雖然松下也算是跟前園感情不錯的人，但她在內心對前園的評價並不高。

「聚集起來是沒差啦。只不過關於班級今後的話題，為什麼只有這些成員在啊？這是很重要的事情吧？」

松下最感到疑問的這點須藤似乎也同樣感到疑惑，於是這麼反問。

有人幫自己說出一直很在意的問題，讓松下盼望著話題的進展。

「聽你這麼一說，好像真的是這樣耶。為什麼？」

池和篠原彷彿現在才注意到似的互相對望。

純粹是前園根本沒想這麼多——雖然松下也想過這樣的論點，但……

「嗯。其實我是有明確的理由……才刻意沒有找平田同學他們來的。有件事情我想在第三學期前先弄清楚。」

前園似乎是仔細思考過後才這麼做的，她說出這樣的開場白後，開始述說目的。

「我想要弄清楚的，就是關於綾小路同學的事。」

出現的是同班同學的名字。除了前園以外的七人並沒有表現出太大的反應，應該說他們好像還沒有理解為何會提到綾小路的名字。

「我這麼說或許有問題啦，但該說我不喜歡綾小路同學嗎，嗯，這麼說好像不太對？坦白講我覺得他很難相處呢。」

是判斷自己的形容有些尖酸刻薄嗎？雖然話已經說出口，她還是這麼訂正了。

「很難相處，是嗎？這是為什麼呢？」

聽到前園老實述說的評價，王回以疑問，同時接著說道：

「綾小路同學不是會引起問題的人，也不是會強硬地要與他人交流的人吧。」

感覺綾小路並沒有做過會給前園帶來負面印象的事情。

這就是王直率的感想。

「哎，是啊。但該說我不喜歡陰沉的傢伙嗎……我跟他波長不合，覺得他不會看氣氛，有種奇怪的感覺，所以對他敬而遠之這樣？」

「也就是說妳單方面覺得他很難相處？」

直到這邊都貫徹沉默的松下如此詢問前園。

「嗯……或許那也是原因之一吧。」

「畢竟真要說的話，綾小路偏向陰沉嘛。算是所謂的邊緣人？而且平常又很安靜。」

池也同意前園抱持的印象並沒有多大的錯誤。

並非喜歡或討厭這樣的觀點，對於綾小路的性格給人老實偏陰沉的印象這點，沒有人會立刻出面否定吧，原本以為會是如此，不過——

「現在不一樣了吧。至少我覺得不一樣。」

最先提出異議的是須藤。

「追根究柢來說，要是他個性陰沉，怎麼可能跟那個輕井澤交往啊。對吧？」

他不只是單純地否定，還補充了根據。

「哎～他跟輕井澤在交往這件事，的確讓我大吃一驚啦。不，可是啊——」

雖然有能夠理解的部分，但在池的內心對綾小路抱持的印象並沒有太大的變化。

「健最近經常跟綾小路聊天呢。你們什麼時候變那麼要好啦？」

池似乎判斷須藤的說法比起正論更像是袒護，這麼吐槽了。

須藤一邊對池的反應感到傻眼，一邊拿起裝有飲料的杯子。

「不只是我，包括你在內，剛入學沒多久時我們常一起玩吧？」

「呃，是一起玩過啦，但那該說是同班同學之間的交流嗎？你以前跟他也沒有特別要好吧。真的有把他當朋友嗎？」

「這……」

儘管須藤至今一直在反駁，回想起剛入學沒多久時的事情，他說不出話。

就在須藤與池開始互相瞪著彼此時，前園慌忙地出面制止。

「慢點慢點，你們別擅自吵起來啦？我都還沒有進入正題耶。今天有很多事情想問跟綾小路同學開始要好起來的須藤同學喔。」

兩人的互瞪在移開視線後平息下來，須藤喘了一口氣後反問：

「……問我？」

「沒錯。畢竟在我們當中，感覺是須藤同學最熟悉綾小路同學最近的情況嘛。」

前園認為再繼續拖著不談正題也沒有意義，稍微壓低音量這麼說道。

她對即便如此還是無法理解的朋友們補充說道：

「綾小路同學只是個比較陰沉的同班同學……應該沒這麼單純吧。該說他好像隱瞞著什麼事情嗎？」

這下包括池和篠原在內，所有人都開始理解前園想說的話了。

「也就是說今天的聚會是要討論綾小路同學究竟是何方神聖嗎？」

前園對王這番話點了兩、三次頭表示肯定。

「身為女朋友的輕井澤同學不用說，跟她是好朋友的佐藤同學，還有跟綾小路同學經常接觸的平田同學和堀北同學，以及曾經是同個小圈圈的長谷部同學等人，我都排除在外了。」

「這是為什麼？我想多一點對他熟悉的人應該比較好吧……」

「真的是那樣嗎？我覺得反倒可能被敷衍帶過耶。剛才列舉出的所有人或是其中一部分人，應該知道綾小路同學的真面目吧。」

否則就說不通了——前園這麼喃喃自語。

正因如此，她才在自己所知的範圍內排除了與綾小路有緊密關係的學生。

「如果是那樣，為什麼又找我來啊？」

「要是所有人都不熟悉綾小路同學，討論也無法順利進行吧？而且如果是須藤同學，感覺會老實地告訴我們知道的事情。」

為了深入議論，也不能缺少擁有情報的人。

前園有些自豪似的回答這是她以自己的方式思考過，選出了能夠信賴的人。

「我好像隱約可以明白了。可是，這是需要警戒並聚集起來討論的事情嗎？」

逐漸理解狀況的篠原疑惑地表示她還是不太懂這一部分。

「目前是啦。如果討論之後發現沒什麼就好，應該說那是最理想的結果……因為綾小路同學的存在顯然很奇怪對吧？」

在場的成員們互相對望。

暫時陷入了沉默，但有個出乎意料的人贊同前園的意見。

「……的確，老實說我有時會覺得他有點不可思議。」

雖然有點難以啟齒，王還是把自己的感想化為言語。

「對吧？對吧？」

有支持者出現，前園毫不掩飾地表現出喜悅之情。

「不可思議是指？具體來說是什麼意思？」

篠原不明白王指的是哪個部分，探出身體這麼詢問。

「我覺得至少他的實力跟由校方評分並公開的ＯＡＡ應該是有差距的吧。無論是學力或身體能力，ＯＡＡ的數值都比他實際的能力還要低。」

「綾小路的ＯＡＡ長怎樣來著啊？」

池不是很清楚，篠原在一旁打開手機讓他看。

「……的確很奇怪。整體來說都比我高這點，我可能無法接受。」

看到顯示出來的ＯＡＡ，池一臉認真地低吼。

「不，那只是寬治你太廢而已吧。」

「他的數值也比首次導入ＯＡＡ時提升不少。或許他是像須藤同學一樣努力地在提升實力，但該說看不見努力的痕跡嗎？」

學力曾經是最低評價Ｅ的須藤，無論由班上的誰來看，都是很明顯地靠著每天努力念書與改善生活態度在提升評價。另一方面，綾小路的情況則是沒有任何人能看到他努力的痕跡。

他不知不覺就在考試中拿到高分，或是突然展現飛快的跑步速度，突然的印象實在太強烈，也難怪王會感到不可思議。

「從這些例子引導出來的結論，就是他沒有發揮出全力對吧？」

前園說出她從召集友人之前就一直很想說出來的話。

「我覺得有那個可能。」

「意思是他一直在放水？」

「沒錯吧？這表示他一直都沒有認真在做事呢。」

「但這是為了什麼啊？」

「像是討厭努力之類的？」

每個人都各自說出自己的想法，場面開始變得一發不可收拾。

「先等一下。我可以理解你們想說什麼，但事實未必是那樣吧？無論是念書或身體能力，都沒必要公開鍛鍊給其他人看吧。如果是本來就不太喜歡引人注目的綾小路同學，我想應該也有可能是一直私下在努力。」

對這種負面臆測飛舞交錯的發展喊了暫停的人是松下。

她提示出綾小路或許是與在周遭人面前增強實力的須藤形成對比，是在私下增強實力這種可能性。

倘若是隱藏著一開始就具備的實力，印象會變糟。因為換句話說，那會讓人覺得他一直沒有為了班級盡心盡力。

如果都要臆測，至少希望將風向帶到不算壞的臆測那邊。

「剛入學的時候他真的沒有給人多厲害的印象。應該是為了讓大家刮目相看，才拚命努力了一番吧？像我現在也挺努力的，逐漸在進步啊。」

池沒有多想，幫忙解釋綾小路應該跟自己是類似的狀況。

「池同學真的明白嗎？」

對於這樣的池，前園有些生氣地接著說道。

「怎、怎樣啦，怎麼講得好像我根本不懂一樣。」

「你有發現前陣子的特別考試中，綾小路同學完美地解答了五個問題嗎？」

「這個我是有注意到啦……但除了他以外，也有幾個人全部答對了吧？」

像是堀北和平田等人，學力在B以上的學生都完美地答對所有問題。

「綾小路同學解答的問題比堀北同學他們解答的問題更加困難。我看過其他班學生的結果，那可是連學力A的學生都會答錯的高難度問題。」

很難想像那是稍微努力一下就能培養出來的實力——前園如此強烈地主張。

「可是啊，對了，記得他很擅長數學吧？那也有可能出現這種結果吧？」

「在他解答的問題當中，只有一題是數學。剩下的是兩題英文跟一題化學，和一題現代文。他根本不是只擅長一種科目而已。」

這是在準備召集七人時，前園事先調查過的事情。

她強調綾小路並不是只擅長特定的科目而已。

「我一直感到有點不可思議的事情，說不定就是那個。」

在這當中算是比較會念書的王恍然大悟似的一個人點了點頭。

「把這點也考慮進去，感覺ＯＡＡ跟他實際能力的落差可能比想像中還要驚人。」

「對吧？對吧？絕對很奇怪吧？」

松下原本想要插嘴制止這麼斷定的前園，但她暫且忍了下來。

因為要說那是校方出的題目碰巧是綾小路有準備的範圍，顯然太牽強了。

要是在很難合理解釋的地方過度幫他說話，看起來會像是在袒護他吧。

實際上松下因為希望綾小路今後為了班上有活躍的表現，不想在毫無關係的地方讓其他學生累積對綾小路的怨恨。

正因如此，她判斷現在不應該做出露骨地偏袒綾小路的發言。

「搞不好其實只是他瞎猜都猜中了？」

並非綾小路擁護者的池這種近乎天然的發言拯救了松下。

池可以自然地幫松下說出她說不出口的話，松下不禁覺得池說不定是這個場面必要的人才。

「不，那才不是靠瞎猜或碰巧。綾小路同學應該從以前就很會念書了。」

前園斬釘截鐵地斷言那不是用瞎猜就能帶過的事。

「還有其他理由嗎？」

如此反問的王似乎是對真相感興趣。

前園看了一下周圍後，再次壓低音量。

「這是我聽人家說的喔？……今年的無人島考試，為了獲得物資與點數，不是在各處舉行了考試嗎？聽說綾小路同學參加的考試題目似乎非常困難，但他很輕鬆地答對了所有題目。」

從比十二月舉行的特別考試更早之前，綾小路的學力確實就很高的事實。雖然前園在開場白表示這是聽人家說的，但在現場仍被當成有十足可信度的事情蔓延開來。

「儘管不曉得真相……說得也是呢。綾小路同學剛入學那時給人的印象與他現在給人的印象沒有差多少……總覺得周圍的樣子有很大的變化。因為感覺平田同學也非常信賴綾小路同學。他們還用名字互相稱呼。我想他大概是平田同學唯一這麼做的對象。」

如果是比任何人都更注意平田、對平田有好感的王這麼說，肯定不會錯。

即使在場的所有人並未說出口，他們都毫不猶豫地相信並接受了這番話。

「帶領班級前進的是堀北同學……但綾小路同學在幕後有參與的情況，應該也不只一、兩次了吧？」

前園再度熱烈地如此主張，以小野寺為首，池和篠原也開始深深點頭贊同她的說法。

聽到周圍這樣的討論，松下重新理解到了。

班上同學也開始注意到綾小路擁有的潛能。

這當然是因為綾小路比一年級時更加公開行動，但問題是其他人有可能往壞的方向聯想。

既然如此，松下判斷這邊應該先暫且移動到別的立場。

「前園同學的推測可能說中了呢。因為綾小路同學有很長一段期間都是留下平凡的成績，所以就算現在表現出好的成果，也不會立刻變成A以上的成績。而假如他從一開始就認真面對，學力應該至少有A吧。」

原本持懷疑態度的松下也轉到認同這邊，讓前園露出得意的表情。

「須藤同學知道什麼關於綾小路同學的特別情報嗎？如果可能，希望是我們不知道的事。」

對於滿懷期待如此詢問的前園，須藤露出猶豫的表情。

「什麼？有什麼情報嗎？有就告訴我們嘛。」

女人的直覺。前園沒有漏看須藤的表情，這麼追究著。剛升上二年級時，看到他跟寶泉的事件，須藤感受到了綾小路片鱗半爪的強大。須藤思考著是否可以把當時的經過告訴其他人。雖然為了在表面上當作沒發生過，那一連串的事件成了祕密，但關於綾小路的能力本身應該沒有被封口吧？須藤在內心如此自問自答。

如果是洩漏出去會傷腦筋的事實，他應該會強烈地提醒自己要守口如瓶。

「……這個嘛……雖然前園你們關注的焦點都放在課業上，但我想那傢伙的厲害之處不只是學力喔。」

「咦？這話什麼意思？」

「你們也看到了吧，綾小路在接力賽時展現出他跑得有多快。那速度可是比我還快喔。」

即使沒有用全力直接互相競爭過，須藤從決勝負之前就認輸了。

只不過在這個階段，周圍的人還沒有很驚訝。實際上在他跟前前學生會長堀北學互相競爭的時候，大家早就知道他非比尋常了。

「的確是那樣沒錯，然而那是大家都知道的事情啊。對吧？」

不過隨後從須藤的話語中傳遞出來的真相並非如此。

「而且，該說那傢伙不只是跑得快而已嗎？雖然老實承認這件事讓我有點不甘心，但綜合來看，他的運動神經在我之上喔。」

「在、在須藤同學之上？」

須藤思考著該怎麼說才能簡單扼要地表達綾小路有多厲害，他挑選用詞接著說道：

「說真的，如果我有哪方面能贏過認真起來的那傢伙，頂多就籃球吧。就算是籃球，如果可以我也不想跟那傢伙打。即使不覺得會輸，該說有種會在打球的過程中被逼入絕境的預感嗎？我也有感受到那種類似直覺的東西。」

讓身體能力在同年級中擁有頂尖評價的須藤舉白旗投降。

光是如此，這個令人一時間難以置信的事實便散發出奇妙的真實感。

「如果你說的是真的，那很厲害耶，你的根據是？」

儘管感到興奮，前園還是這麼逼問須藤，希望他說明足以讓人相信的理由。

既然不管怎樣都不能述說與寶泉之間的糾紛，須藤判斷只能自己捏造一個事件了。

「我之前曾經跟綾小路起爭執啦。是我去找他碴的。本來想扁他一頓，但完全打不中。該怎麼說呢，就類似打過才感受到他有多強那樣。」

須藤一邊喝水，一邊說出這樣的謊言。

在述說的時候，他也回想起跟寶泉打架時的事情。

對於自己毫無招架之力的寶泉，綾小路毫不畏懼地與他對峙。

而且他完全不會害怕被刀捅，冷靜地應付了對方。

須藤目睹的現實足以讓他領悟到就算真的和綾小路打起來，自己也贏不了。

須藤用真正的感情在述說，使內容產生真實感，前園似乎也接受了這個說法。

「莫非輕井澤同學會跟綾小路同學交往，是因為發現他比平田同學能力更強？……如果是這樣，她真不是普通的敏銳呢。」

前園用像在稱讚又像感到傻眼的語調，毫不掩飾地說出直率的感想。

「唉，我之前也想過為什麼輕井澤會跟綾小路交往啊。」

正因為在近距離體驗過綾小路有多厲害，才不明白的部分。

「假如輕井澤是看穿了這些，可以理解她為何會選擇綾小路啊。」

但這下須藤也產生別的感情。

如果是這樣，綾小路應該沒有特地選擇輕井澤當戀人的理由吧——

即使不提外表，個性也完全不符他的喜好。

只不過這完全是自己的主觀，所以須藤忍住了，沒有在這邊說出來。

「從健的角度來看，你對他的評價好像很不得了呢。但就算你這麼說，我還是不太懂啊～」

就算聽到口頭說明理解了意義，池仍然沒有湧現真實感。

「這也難怪啦。畢竟沒有實際體驗過，是不會明白這種感覺的。」

「的確是那樣呢。那麼，你覺得該怎麼做才能明白他有多厲害？」

想要設法證明的前園如此質問須藤。

「這個——啊，可以用那招，像是突然揍他一拳之類的。記得從背後瞄準，使勁地揮拳。」

「不不不，那樣不就是突襲了嗎？」

「就憑你的實力，即使是突襲也揍不到綾小路啦。」

「如果是突襲，我一定行啦。雖然說到底那樣實在太卑鄙，不會那麼做就是了。」

「既然這樣，你就從正面攻擊他看看？要打到他的可能性肯定是零喔，零。」

「那可難說喔？我對打架還挺有自信的呢。」

池站了起來，輪流揮出右拳與左拳。

雖然他動嘴配上「咻咻」的音效，但動作一點都不俐落。

「你根本沒有好好跟人打過架吧～」

如此說道的篠原傻眼地表示這樣很難為情，催促池趕快坐下。

「少、少囉唆。我是不想霸凌弱者啦。」

「是、是。」

「哎，就先別吵架啦。如果那是真的，希望綾小路可以認真地拿出實力呢。該說那樣一來我們班就安穩了嗎，搞不好真的能升上A班吧？」

如果能指望他在學力與身體能力方面做出很大的貢獻，對班級而言會發揮正面作用。

情況應該會變得比現在更好才對——池這麼說了。

「說得也是呢。畢竟是同班同學，應該請求他協助我們比較好吧？」

王表示如果班上有強力的幫手，應該請求他的協助。

「我贊成。等寒假結束後，直接問他本人看看吧。」

照常理來想不可能有人反對，篠原也立刻贊同了這番發言。

眾人對綾小路的期待開始高漲。雖然這是松下也經常在盼望的事情，但她同時也深切地感受到不能有太大的誤會。

「等一下，讓我提出一個忠告。能夠理解你們想要依靠綾小路同學的心情，還有覺得他很可靠的心情，但我認為最好不要在公開場合說這些，或是強迫他做什麼。」

「為什麼啊。如果不說出來，他就不會變積極吧？」

要是他像以前那樣，倒退成存在感薄弱的學生就傷腦筋了——篠原如此發著牢騷。

「的確是那樣也說不定。但是，我們也應該替他想想，他為何至今一直這麼低調行事吧？」

松下委婉地忠告一頭熱的學生們應該體諒綾小路的心情。

暫時變成聽眾的須藤似乎也覺得那樣比較合理，他刻意先咳了兩聲清喉嚨，吸引眾人注目。

「說得也是。如果他這麼討厭引人注目，隨便刺激他說不定會造成反效果啊。」

「嗯。要是他因此變得很不合作，我們反倒吃虧不是嗎？就像前陣子的特別考試時他答對了所有問題一樣，他大概有願意協助我們的心意吧。」

在說明了硬要把綾小路拉到檯面上的危險性後，篠原等人似乎也感受到伴隨而來的風險了。

「我也贊成。如果他是像高圓寺同學那樣放著不管便不曉得會做出什麼事的類型，就另當別論，但他也不是那種人嘛。暫時按照以前那樣跟他相處就好了吧。」

小野寺像是要做最後確認般，強烈贊同松下與須藤，並說明理由。

在現場的聚會中，至少有八人獲得了共通的認知。

綾小路是實力高於ＯＡＡ的強者。

還有今後雖然可以期待他發揮實力，但不可催促他。

不過只有提議召開這場聚會的前園思考著完全不同的事情。

「真的那樣就好了嗎？」

「咦？」

「我也確實能夠理解綾小路同學是個很厲害的學生這件事了。可是，該說因為這樣才可怕……還是詭異呢？因為……他之前點名跟他感情不錯，又是同個小圈圈的佐倉同學當退學者對吧？也是綾小路同學把櫛田同學逼到走投無路的……假如綾小路同學有那個意思，說不定能讓班上的任何一個人退學。」

這群小組成員聊天聊得很投入。

從他們集合之後早已超過一小時，這段期間進出咖啡廳的學生們換了好幾批。

在小組中最先抵達咖啡廳的是王，就連原本比王早幾分鐘待在咖啡廳裡的學生都喝完飲料，緊握著已經空了很久的飲料杯離開座位。

「那是無可奈何的決斷吧。因為櫛田的選擇，我們班只能讓一個人退學，才有機會獲勝。不夾雜任何私情，以ＯＡＡ為基準選出退學者，也是很合理的做法。」

包括池在內的所有人，都驚訝地瞪大眼睛看著立刻這麼反駁的須藤。

「怎樣啦，我說了什麼奇怪的話嗎？」

慌張的須藤讓前園感到困惑。

「與其說你說了奇怪的話……」

松下像是要幫忙接話似的接著說道：

「不如說是因為從剛才開始，你的說話方式和用字遣詞讓人感受到知性。令人感嘆人真的是會成長的呢。」

「啥？那什麼意思啊？」

「因為如果是以前的須藤同學，應該說不出私情或合理這些詞彙吧？」

「是的，我也這麼認為。」

「不不不，這點程度很普通吧，你們到底多瞧不起我啊。」

「這表示你有很大的成長不是嗎？」

小野寺不知為何彷彿自己受到稱讚般，露出一臉高興的表情。

「別鬧我啦。呃～本來在說什麼來著？對了，就是綾小路不是什麼壞人啦。」

受到大家稱讚讓須藤有些難為情，他硬是把話題拉回來。

「我其實也明白。因為那是一場絕對得選出退學者才行的考試。但該怎麼說呢，你們還記得那之前他跟櫛田同學的對話吧？他毫不留情地把對方逼入絕境的模樣。平淡地……對，感覺就像

機器一樣……應該這麼說嗎？」

「那是只能狠下心來的狀況啊，綾小路也不是想那麼做才做的。」

須藤始終站在包庇綾小路的立場袒護他。

「如果碰到類似的狀況，又要請綾小路同學不帶任何感情地做出決斷嗎？」

「雖然不是只能依賴綾小路啦，但有必要客觀地做出判斷吧？」

「客觀是嗎？大家覺得那樣就好嗎？」

如此說道的前園委婉地將視線看向池和篠原那邊。

他們也是ＯＡＡ在班上排名後半段的學生們。

讓人預感將來他們應該會是綾小路選為退學者的候補名單吧。

「呃，哎，的確，該怎麼說呢，綾小路的做法也有一點那個的地方啦。有很多朋友也是相當了不起的能力，應該說希望他也考慮到這方面嗎？假如我退學了，皐月會哭吧，那樣沒什麼效率對吧。」

「我絕對不能接受。」

篠原緊抓著一旁池的手臂，不肯放開。

「畢竟也有長谷部同學因為受到影響，消沉了很長一段期間的前例嘛……」

對照就在最近發生過的事實，王的表情也變得沉重。

「如果是維持現在這樣，我還無所謂。但……只有綾小路同學在將來變成班級領袖的未來，是絕對應該避免的吧？」

在漫長的討論中，前園如此斷言。

自己內心一直看不見的不安部分化為言語從嘴中吐出。

「綾小路不可能當領袖吧。畢竟他也不是那種會想當領袖的人。」

「也不能那麼斷言吧？只要具備實力，就會浮現讓人認同他是班級領袖的部分。」

「我倒是很歡迎呢。假如綾小路同學真的具備實力，他當領袖也行。」

對自己的優秀程度很有自信的松下，認為將來由綾小路親自上陣指揮是最理想的。因此才有這樣的發言。雖然排名後半段的學生有必要畏懼於遭切割的風險，但另一方面，在班上名列前茅的學生們只要維持好成績，不做出會擾亂秩序的行動，就有絕對不會被迫退學的安心感。

只不過目前以領袖身分在戰鬥的堀北就不同了。因為她受到感情影響的機率並非零，不曉得會被她以怎樣的理由切割掉。松下認為不能掉以輕心。

「我堅決反對綾小路同學當領袖這種事。」

「既然這樣，前園同學覺得變成怎樣比較好呢？」

對於擔心不完的前園，松下希望引導前園說出她究竟是怎麼想的。

「這——」

儘管前園慌張地試圖回應，然而似乎沒有一個明確的答案，只見她說不出話來。

「因為不曉得希望變怎樣，才會像這樣跟大家討論吧？」

然後硬是擠出了一個彷彿在逃避的答案。

「總之，我覺得目前再繼續討論綾小路同學的想法，也討論不出答案。而且不管誰說什麼，班級的領袖現在就是堀北同學。如果想深入探討這類話題，果然還是得請她同席才行吧？」

松下盡可能用柔和的語調說出這番比較嚴厲的發言。

她並不是想跟前園起爭執。

也不是想在此以自己為中心來進展話題。

現在應該做的是藉由引人注目來阻礙綾小路為了提升班級實力的行動。

可以明白池這些排名後半段的學生畏懼冷酷審判的心情，但與松下無關。

雖然覺得抱歉——她在內心如此補充。

「這麼說是沒錯啦⋯⋯說不定在討論的過程中，會有什麼新發現吧？」

前園好像還不想結束討論，但這之後討論沒有更多進展，沒多久話題就轉變成平安夜發生的事情了。

1

同一天的下午兩點前，就在一個男學生把空杯子塞進設置在櫸樹購物中心外面的垃圾桶時，有個女學生一邊瞪著那名人物，一邊現身了。

一方面也因為兩人同班，男生開朗地舉起手。

「嗨，小真澄。妳比想像中還快抵達耶。」

「我說啊，可以不要那樣叫我嗎？還有不要在假日找我出來好嗎？」

「別這麼說嘛。我今天得到一個有趣的情報喔。」

「我知道你喜歡收集情報，但別把我捲進去。」

「真嚴格呢。別看我這樣，那可是很有益的情報喔？」

「既然這樣，你就去向坂柳報告，給她留下好印象吧。」

「我也是想了很多呢。在班上能說出真心話商量事情的對象，就只有小真澄了嘛。」

「那是騙人的吧。」

「沒有騙人啦。至少小真澄妳即使面對公主殿下，也能毫不畏懼地提出意見嘛。」

橋本回答他對這點評價很高。

「所以呢？那跟真心話完全無關吧。我也很討厭你這種隨便的地方。」

即使被開門見山地說討厭，橋本看起來也毫不在乎的樣子，準備繼續說下去。

「哎，總之妳先聽我說嘛。聽聽是什麼消息傳入了我耳中。」

橋本這麼說，告訴她自己白天在櫸樹購物中心偷聽了某個團體說話。然後以實際用手機錄音的事實為根據，加上自己的話補充，開始進行解說。

是關於須藤等八人聚集起來討論的某個班級議題。

聽完這些內容時，原本毫無興趣的神室也出現了變化。

「妳看？是很有趣的消息對吧？」

「雖然是在某種程度上早就知道的事情就是了。」

「這表示B班的核心果然不是堀北同學啊。在無人島展現出來的片鱗半爪，還有到目前為止那種奇妙的突兀感和發展。而且在全場一致特別考試的幕後進行了比想像中更加偏激的事情。要切割掉曾經與自己很要好的小圈圈的女生，可不簡單喔？這表示他能夠變得非常冷酷無情。而且那女生雖然外表樸素，其實很可愛呢。」

「外表長怎樣有關係嗎？」

「當然有關係了。假如佐倉是個醜女，哎，就算切割掉也只會覺得不過就這樣吧。外表的美醜意外地有很大的影響喔。」

雖然神室不贊成橋本這麼極力主張的意見，但對前半部分表示理解。

「你是說對方跟自己是否親近毫無關係，綾小路是能夠光憑利害做出無情決斷的傢伙嗎？」

「就是這麼回事。而且只要聽那些傢伙的討論就會知道，至少在全場一致特別考試的時候，綾小路在班級裡面的地位絕對不算高。那樣的人要掌握全班並誘導他們，是極為困難的事情。」

橋本為了避免不小心刪除手機的錄音檔，有仔細地上鎖保存起來。

「話說回來，有件事我從剛才開始就一直很在意。」

「什麼事？」

「為什麼你能偷聽到那麼重要的討論啊？」

「單純是巧合罷了。是我很幸運。」

儘管橋本毫不猶豫地這麼回答，神室絲毫不相信。

「巧合嗎？」

橋本的音訊檔是從堀北班的成員陸續在咖啡廳集合的途中開始錄音。他們很有可能只是要熱絡地閒聊一些毫無意義的話題，在這種狀況下，不可能預知到他們要討論重要的事情。

就算橋本是隨手在收集情報，會有這麼碰巧的事情嗎？

「奇怪？妳該不會懷疑這不是巧合吧？」

「沒差。如果你不想說，我就不問了。當成是巧合就行了吧？」

神室判斷不要深入追究比較明智，決定不過問太多。

橋本也沒有要回答神室疑問的樣子。

「然後呢？這的確是個有趣的情報，但接下來呢？知道這件事有意義嗎？」

「在做出結論前——假如確定綾小路並非普通人，就會好奇他從入學之後到今天為止，何時在哪裡做了什麼。剛入學沒多久時到處大鬧的龍園突然老實起來，最近還到處看見他去糾纏綾小路的模樣。沒錯吧？」

橋本巧妙地交織已經知道的事實，同時把自己推論出來的假設和預測告訴神室。

「……與潛伏在堀北背後的綾小路戰鬥後……龍園落敗了？」

「龍園不是那種會只拘泥於一次勝負的人。如果我猜的發展沒錯，應該不是單純的落敗啊。他大概是見識到相當驚人的力量差距，敗給了綾小路呢。」

「假如是那樣，他之後去糾纏綾小路的理由是？為了雪恥？」

「他應該也惦記著那件事吧。只不過，大概也跟綾小路的性格有關？如果是評估只要巧妙地與他扯上關係，對自己也有利，比起經常視他為敵人，不如當成同伴比較好吧？」

「意思是龍園為了自己，巧妙地在利用綾小路……是吧。該說不愧是龍園嗎？」

即使輸了也要撈到好處。緊咬對方不放，這種手法就跟他給人的印象一樣。

「那應該也是理由之一吧。但就案例來說，是更複雜的事情。」

「更複雜的事情？」

「龍園恐怕是為了自己在利用綾小路。但綾小路肯定也對這點心知肚明。甚至可以說他覺得我就讓你利用，好好努力看看吧。」

「那什麼意思啊。那麼做對綾小路有什麼好處？我倒是可以理解為了提升班級的實力，他從幕後支持堀北是有意義的事情。」

「那可難說呢。例如他可能想藉由幫助龍園，讓他擊潰一之瀨或坂柳之類的？如果綾小路不是那種首當其衝去戰鬥的人，去依靠好戰的龍園就有很大的意義了吧？」

「哎，或許是吧。」

「我至今也一直感到懷疑，現在那陣濃霧終於慢慢地消散了。堀北隸屬的班級中，最棘手的敵人就是綾小路，而且……」

橋本有一瞬間猶豫是否該說出口，但還是接著說道：

「綾小路的實力在公主殿下之上。」

「你確定能這麼斷言？」

「對，我已經不打算加上什麼大概或恐怕了。他們今天的討論讓我確信了這件事。」

無論對象是誰，一般是無法這麼高估對方的。

「假如你說中了，表示我們陷入很嚴重的危機呢。」

「是非常嚴重的危機喔。最重要的是一般預測在第三學期最後的學年末考試中，點數會有很大的變動。假如輸給龍園，就沒辦法澈底甩開對手並大獲全勝了。」

橋本若無其事地說出A班的人都閉口不提的事情。

這讓神室也稍微感到惱火，瞪著橋本看。

今後還不確定是否會與綾小路的班級對決。

即使遲早會對上，也很有可能是許久之後的事情。

首先應該在意的是在第三學期尾聲實施的學年末考試。

「也就是說你認為我們會在那時輸給龍園吧。所以才會擔心A班的將來。搞不好你還希望我們落敗？」

「我並沒有希望我們落敗啦。應該說原來小真澄也會對這種發言感到生氣啊。」

橋本知道神室並非坂柳的信徒，他有些驚訝。

但神室感到生氣的並非那個部分。

「我只是不喜歡你那種負面思考，你總是在設想同樣的狀況對吧？」

「我不否認自己偏向負面思考這點，只不過先設想落敗的情況並非壞事。」

在這所學校，不曉得會出現怎樣的逆轉或漏洞。

橋本經常在警戒這些問題，然而他當然不可能有辦法應付所有狀況。

「設想那種情況，然後呢？也只能先做好心理準備，讓自己不會太慌張吧。」

神室斷定這是無謂的行動，對她而言，這種幾乎每次都會重複的負面發言讓她感到厭煩。

「別這麼說嘛。我只能跟小真澄妳聊這種事啊。」

「唉……」

雖然聽命於坂柳，神室並沒有連內心這個部分都奉獻給她。

倘若有看不順眼的事情會開口抱怨，根據情況也會毫不客氣地拒絕。

坂柳就是欣賞她這種地方，這點橋本也是一樣。

「做好心理準備也是很棒的事喔？」

即使他回以這樣的玩笑，但這當然只是副產物之一。

「如果一直待在同個班級，是那樣沒錯啦。」

只要補上一句話，負面思考也會產生出其他意思。

「如果你是在說轉班券，那會是個危險的賭注吧。我不覺得落敗的班級能拿到轉班券，就算可以在學年末前拿到，能使用的期限也非常短暫吧。」

轉班券看起來萬能，實際上好處很少。

因為排名越前面的班級，轉到排名後半段班級的好處就越少。

「就算我們按照你最糟糕的假設落敗了，頂多也是跟其他班級並駕齊驅。即使在這種狀態下幸運地拿到轉班券，你敢用嗎？就算假設綾小路的實力是學年第一，光憑這樣就要跳進他們班，需要相當的覺悟吧。」

假使綾小路的班級暫時升上A班，各班的實力越是接近，就越有可能因為一次特別考試互換排名。

只要坂柳報了一箭之仇，排名再度上升，轉班就會變成大失敗。

如果下次也幸運地從綾小路班拿到轉班券，也有可能獲得救贖，但那只是不斷在提出假設的情況而已。

「除非像一之瀨班那樣明顯地一落千丈，否則根本用不到那東西。」

並不是只有橋本與神室會議論這種事情。

作為學生們之間的閒聊，這也是經常出現的話題之一。

「轉班的方法不是只有轉班券，對吧？」

「如果你說的是兩千萬點，那更不實際，根本不可能。」

神室繼續用傻眼的語調說道。

另一方面，橋本則是經常在考慮以班級為單位互助合作的轉班，而非個人的轉班。

「雖然覺得是我多管閒事，但你這種企圖漁翁得利的行為不太好吧。」

儘管神室沒有說出口，坂柳一直很清楚橋本有可疑的行動。因為她本人也曾提出那方面的報告。恐怕不只是自己，坂柳應該不分年級，讓好幾個學生去試探並監視著橋本吧。

要是表現出企圖背叛班級，自己偷跑的態度，會在那個瞬間遭到狙擊。

「無論是哪邊獲勝晉級，只要最終是待在A班就行了。這聽起來很困難，其實很簡單。」

「我明白你想說什麼了。但為了你自己好，勸你別想些奇怪的事。」

身為同班同學，神室姑且還是先給他一個包含忠告的建議。

橋本小聲地回答：「謝啦。」然而態度怎麼看都不像是有聽進去。

他並不是有想要背叛的念頭。

只不過為了讓自己在A班畢業，不能向坂柳一面倒罷了。

入學當時的一強體制逐漸式微，現在可說有三強正逼近到背後。

不，其實原本就有考慮到三強這個選項了。

只不過原本預估在三強當中會脫穎而出的是一之瀨班，這點誤判了。

直到過了二年級的中期，都沒有在真正的意義上察覺到綾小路的影響。

在持續好幾次的偵察過程中，他都沒有讓人感受到露骨的身為強者的片鱗半爪。

恐怕是刻意這麼做的。

不過這樣的綾小路在最近這幾個月，彷彿至今那些低調的行動是假的一般，接連做出引人注

目的行動。他原本不引人注目，而且看起來像是對班級競爭不感興趣的存在。突然轉變的理由是什麼呢？

或者他從一開始就打算獲勝嗎？

會拖到現在才行動，只是判斷到了把班級推上來的時期而已嗎？

疑問接連地浮現並消失。

無論是坂柳、龍園或一之瀨，都能看見他們的整體面貌。

能看出他們是怎樣的人物，又抱持著怎樣的行動理念。

但從綾小路身上卻看不見那些。

棘手的存在。

「總之我還想要更多情報，打算重新探聽關於綾小路跟他周遭的事情。」

「那隨你高興去做就行了吧。」

坂柳不曾命令過其他人不准偵察或收集關於綾小路的情報。

神室也認為如果感到好奇，大可隨他高興去行動。

實際上今天的錄音檔對今後的戰鬥很有幫助。

但在同時，神室忽然察覺到一件事。

在去年還很早期的時候，坂柳曾經指示神室去試探綾小路。

坂柳在那個時候對綾小路的力量有多少認知了呢？

「所以說小真澄，我有事要找妳商量。」

不過有辦法在那個階段看穿綾小路的實力嗎？

這時神室腦中浮現出一種可能性。

莫非坂柳是在意料之外的地方得知了綾小路的實力……？

「喂～小真澄～？」

原本意識飄到遠方的神室，看到有人在眼前揮手，於是用力地甩開那隻手。

「……什麼事？」

「哎呀，因為妳一直在發呆嘛。接下來我要說很重要的事耶。」

「我有種不祥的預感耶。」

神室暫且停止思考，聆聽橋本說話。

「妳可以協助我接觸綾小路嗎？我們一起行動。」

「……為什麼找我？」

「因為他肯定會提防我嘛。搞不好龍園對他說了很多有的沒的。」

「就算我在也一樣吧。應該說就算我在，綾小路也會提防。」

「假如人數變成兩倍，綾小路的戒心也會跟著變強。我們這邊則是變成有四隻眼睛和耳朵，

能撈到的情報也會加倍，對吧？」

「要我答應你的提議也行，但是有條件。」

「喔，是什麼條件啊？」

「不准再叫我小真澄。這是絕對條件。」

「……ＯＫ。小神室……這麼叫應該可以吧？」

原本以為在這邊就交涉成立了，但神室接著說道：

「還有一個。去接觸綾小路的人僅限於我。」

「僅限於小神室？」

這個提議讓橋本露出疑惑的表情。

「假如坂柳發現我跟你一起行動，會產生多餘的誤會。」

「這點我是不否認啦。」

因為擔心會讓綾小路提高戒心，神室希望單獨行動。

然而對橋本而言，這並不是誘人的提議。

「我會去探聽你想知道的情報。你就接受這個條件妥協吧。」

但如果橋本硬是要求同行，神室會毫不留情地當作沒談過這件事。

不僅如此，不知為何還是會拒絕橋本叫自己真澄。

將近兩年的交情讓橋本非常了解神室這個人。

「唉……這也沒辦法呢。ＯＫ，我們聯手吧。」

橋本決定同意神室的提議，並伸出了右手。

神室沒有回握他的手，只是用冰冷的視線看向他。

「妳還是一樣冷淡呢。我挺喜歡小神室的喔？」

「明明有女朋友，真虧你說得出這種話呢。」

「啊，那如果我跟女友分手，妳願意跟我交往嗎？」

「辦不到。」

「哎呀～」橋本手扶著額頭，為自己被甩一事感到悲傷。因為他從頭到尾都是皮笑肉不笑的表情，陪他演這齣鬧劇的神室搖了搖頭。

「我要回去了。」

「抱歉讓妳花時間陪我。啊，記得告訴我妳決定行動的日期與時間喔。」

只有這一點，橋本不忘仔細地確認提醒。

同一天，各個學生們按照各自的想法行動的一天。

無從得知這件事的我也即將與奇特的成員一起度過今天這個日子。聖誕節已經過去的十二月二十六日。

這天被說是一年裡蛋糕賣最差的一天。

不，正確來說應該是有一段時期曾是很出名的滯銷日比較正確嗎？

好像眾說紛紜，但理由之一是已經過了聖誕節這點。因為日本人在聖誕節後，會很快地轉換心情準備迎接新年。

雖然近來大家好像逐漸習慣一整年都可以吃蛋糕，不會只侷限於特殊節日才能吃，不過這天算是一整年中比較滯銷的日子這點依舊沒變。

正因如此，聽說近年也有不少人看準了會有半價等折扣的蛋糕，刻意等到二十六日才購買。

早上起床的我沒有特別把這件事放在心上，原本打算今天一整天都在房間裡度過。

這也是因為惠身體康復的日子不遠了。

她目前已經退燒，似乎慢慢地能像平常一樣活動了。

倘若今後惠希望修復與我的關係，我們就會回到像以前那樣的關係。

儘管房間足夠乾淨，但在看不見的地方還是堆積著灰塵吧。

今天要澈底擦拭掉那些灰塵，打掃乾淨。

我將事先準備好的清潔用品並排在桌上，準備開始戰鬥。

就像這樣從早上開始了孤獨的戰鬥。

移動家具，用抹布擦拭，還有澈底用酒精殺菌。

房間打掃完畢後，當然接著就是廁所、浴室還有衣櫃。

最後打掃的廚房完美地清潔完畢時，外頭的天空已經被晚霞染紅。

儘管現在這個時間沒有下雪，積雪也絲毫沒有要融化的樣子。

「賣剩的聖誕節蛋糕嗎？」

二十六日也即將結束。

這天沒賣出去的蛋糕，從有效期限的觀點來看，大多也會報廢吧。

要不要姑且去確認看看是否真的在便宜出售呢？

雖然不需要整模蛋糕，但如果有切片蛋糕在特價，買來試試看或許也不錯。

這麼打定主意的我看著西沉的夕陽，決定前往櫸樹購物中心。

傍晚的櫸樹購物中心展現出不同的一面。

一方面也因為聖誕節已過，各處的聖誕樹等裝飾已撤除，果然換成了準備迎接新年的裝飾。

櫸樹購物中心並沒有蛋糕專賣店。

因此我到購物中心裡的超市，前往有販售蛋糕的區域。

然而——

「沒有呢。」

即使有陳列平常那些蛋糕，卻沒看到打折的蛋糕。

聖誕節的專區也被撤除，連整模蛋糕都看不到。

是都銷售一空，還是已經撤除了呢？

因為在校區內能吸引到的顧客數量原本就有限，或許店家並沒有進太多貨吧。

雖然不是特別想要，但真的買不到，又覺得有點遺憾。

話雖如此，也不到硬要用定價買回家的程度。

即使白跑了一趟，我不想在這邊多花錢。

姑且在超市裡繞了兩、三圈，看有沒有什麼需要買的東西，結果還是兩手空空地離開店裡。

「綾小路同學。」

就在準備離開櫸樹購物中心的時候，有人從旁向我搭話。

是坐在長椅上朝這邊揮手的坂柳。

「你已經要回去了嗎？」

「對。」

「我看你只有在這邊停留大約十五分鐘而已呢。」

「妳一直在看嗎？」

「我正好看到你從宿舍走出來。」

原來如此。既然這樣，看到我這麼快就出來，而且什麼都沒買的樣子，會想向我搭話或許也很正常吧。

我向坂柳說明因為惠得了流感病倒在床，自己平淡地度過了聖誕節。

然後心想說不定能用便宜的價格吃到蛋糕，才會來超市的事情。

「原來是這樣呀。」

「一方面也因為錯過了時機，就這樣拖拖拉拉地度過了啊。」

先不論二十四日，既然二十五日也沒有吃蛋糕，今年大概是吃不到了吧。

「雖然今天很遺憾，但我決定明年再吃了。」

「呵呵。」

依舊坐在長椅上的坂柳優雅地笑了。

「有什麼好笑的嗎？」

「沒有人可以保證明年能夠在這所學校吃蛋糕，不對嗎？」

「……的確。」

「尤其是綾小路同學的情況，倘若回到父母身邊，等著你的是與蛋糕無緣的生活。」

「就算是生日，大概也吃不到蛋糕吧。」

現在還不算晚，應該折返回超市嗎？

坂柳不可能沒看穿我這種膚淺的想法吧，她拄著拐杖站起來。

「順帶一提，我並不推薦超市的蛋糕。」

「是這樣嗎？」

「這麼說很難聽，但那是隨處可見的量產品。果然蛋糕還是得吃師傅手工製作的才行。」

「就算妳這麼說，能買到蛋糕的地方也有限啊。」

「便利商店也會販售意外好吃的蛋糕喔。」

這樣啊。坂柳以前帶給我的蒙布朗，記得好像就是便利商店的。

「如果想要能夠吃得滿意的味道，果然只能向店家訂購呢。」

坂柳邁出步伐，在與我擦身而過的地方停下腳步。

「怎麼樣呢？接下來能請你陪我一下嗎？」

「陪妳去哪？與A班領袖單獨兩人逛街，實在太引人注目了。」

「請你放心，我們兩人獨處的時間很快就會結束。」

坂柳話一說完，就朝跟我不同的方向輕輕舉起手。

於是發現了坂柳的男學生快步地走近這邊。

「不好意思，坂柳同學，讓妳久等了嗎？」

「你稍微遲到了呢。但也因此我才能消磨一段愉快的時光，就當作是好事吧。」

看來她所謂的消磨時光應該可以當作是與我閒聊吧。

「真田同學跟綾小路同學說過話嗎？」

「沒有，其實今天是第一次交談。」

真田禮貌地對我鞠躬，同時如此回答。

身為同年級，我曾看過幾次他的身影。但至今沒有像這樣面對面說話的機會，就像真田說的一樣，我們是第一次交談。

他名叫真田康生。OAA如下。

學力　A

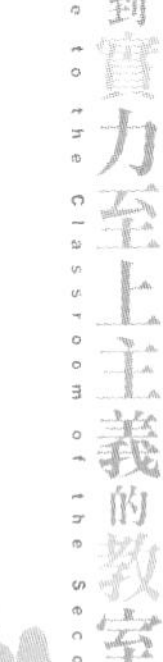

身體能力　　C+
靈活思考力　B+
社會貢獻性　B+
綜合能力　　B

他具備只有一部分二年級生才能獲得的學力A，是極為優秀的人物。
身體能力普通，其他項目也在平均值以上，沒有明顯的弱點。
雖然真田是個模範生，但至今不曾看過他跟坂柳待在一起的場面。
因為最近和A班學生接觸的機會變多了，讓我重新認識到自己以前和坂柳的同班同學們真的沒什麼交集。
至少兩人看來並非碰巧聚在一起的樣子。
「我一直想跟綾小路同學聊一次看看。」
他說話的語調十分客氣，態度也相當柔軟。
這樣的同性對我感興趣，感覺並不討厭。
「是這樣嗎？」
我想自己應該沒做什麼會特別吸引真田注目的事情。

「哎呀，原來是這樣啊。他是哪一部分吸引了你的注意呢？」

代替我說出心聲的坂柳這麼詢問真田。

「畢竟他是最近在B班當中開始嶄露頭角的人之一，而且——」

真田依舊面帶微笑地走近我這邊。

然後他溫柔地握住我的右手，像要把我從站在一旁的坂柳身邊拉開，讓我跟坂柳保持距離。

「恕我失禮，請問你跟坂柳同學是什麼關係？」

「什麼關係？不，我們沒什麼特別的關係。」

「她是二年A班的領袖，不是你能毫無意義地隨便接近的人。」

他是強烈地把我當成敵人看待了嗎？

從禮貌的用字遣詞背後，滲透出真面目不明的憤怒——不，應該說戒心。

「她與異性在一對一的狀況下看起來跟對方非常親密的模樣，也令人費解。」

他的形容還真有意思。雖然很想說「沒那回事吧」，但有些困難。

因為坂柳給人的印象就是很少單獨行動，實際上也有很高的比例都是跟其他人一起行動。

坂柳與人一對一，而且對象還是異性的案例非常有限。

即使是同班學生常見的光景，對其他班級的人來說，是無法掌握到實際情形的。

不，想太多才不好。

這只是我擅自用真田的說法和話語揣測，至於他實際上有多刻意做出這種發言，就是另一回事。反倒該說如果他是刻意做出這種發言，我不如扮演一個什麼都沒注意到的木頭人還比較快。

「我在去年的學年末考試時剛好有機會與她交談。我們的關係就只是這樣而已。」

這時還是用最堅實的回答來蒙混過去。

無論他這麼詢問的意圖為何，這都是最好的選擇。

「原來如此，我明白了。不好意思，用了有些可怕的問法。」

「我沒放在心上。」

「你們聊完男性之間想多聊聊的話題了嗎？」

「是的。綾小路同學，若是方便，之後能請你陪我們一下嗎？當然前提是坂柳同學願意允許就是了。」

「嗯？」

「哎呀，這可真巧呢，真田同學。我也正想邀請他。」

雖然不是很懂，但坂柳與真田的想法似乎一致，他們互相對視而笑。

我在兩人的帶領下遠離出口，再度回到購物中心裡逛街。

「就是這裡。」

過沒多久我們抵達了雜貨店。

這是一間熱門商店，販售特別受女生好評的小東西，一應俱全，A班的兩人毫不猶豫地進入店裡，開始物色商品。

「綾小路同學請稍等一下喔。請你隨意在店裡逛逛吧。」

就算她請我隨意逛逛，沒有得到任何詳細說明的我也只能在旁守望著。

因為店裡播放著ＢＧＭ，無法聽清楚兩人小聲對話的聲音，因此也沒辦法參與他們的話題，只好無奈地保持距離。

之後我漫無目標地在店裡閒逛，打發時間。

等了五分鐘、十分鐘，但兩人只是越聊越起勁，還沒有要買完東西的樣子。

在這種只能左等右等的狀態下，我已經逛完店裡的東西時——

為了確認情況走近他們身邊，於是正好看到真田慌張地將手伸進口袋。

「不好意思，我去講一下電話。」

真田用禮貌的語調告知一聲後，走到店外停下了腳步。

「我今天在跟真田同學約會。我聖誕節是跟他過的喔。」

「是這樣嗎？我第一次聽說。」

儘管我一直在想他們好像有稍微散發出約會的氣氛，這真是令人意外的新事實。

不過之前都不曉得原來坂柳有這樣的對象。

是在聖誕節將近時發生了讓兩人關係產生重大變化的事件嗎？或是他們從之前就維持著很親近的關係，只是沒有公開而已呢？

「但你們這麼光明正大地約會沒關係嗎？要是被人知道自己有重要的存在，就算今後出現把這個當弱點攻擊的對手也不奇怪。」

保護自己跟保護第三者的難易度相差懸殊。

尤其是坂柳的情況，因為她能自己行動的範圍較小，對手搶先行動的可能性也很高。

「當然了，這應該表示妳有充分的自信能應付吧，不過……怎麼了？」

對於我的分析，坂柳只是沉默地注視著我。

不，與其說是注視，不如說她在生氣？

「你聽不出來那只是一個小玩笑嗎？」

「什麼小玩笑？」

「不是『什麼小玩笑』吧。我跟真田同學並不是約好了要約會。」

「嗯嗯？」

因為她說的話與剛才完全相反，我無法理解，陷入了混亂。

「不好意思，坂柳同學，讓妳久等了。」

講完電話的真田一邊道歉，一邊緩緩地回到這邊。

「結果如何？」

「是的，已經達成約定了。」

真田用有些害羞的表情稍微撫摸自己的臉頰，看起來很開心地露出微笑。

「他的通話對象是一年B班的宮學妹。是前陣子可喜可賀地與真田同學開始交往的學生。因為真田同學在猶豫要送她什麼禮物，我才提供建議給他。」

跟我一開始聽說的內容完全不同。看來那似乎就是所謂的玩笑。

雖然不太懂這玩笑哪裡有趣，但因為也不是適合吐槽的氣氛，還是聽過就算了吧。

「聖誕節時已經送了考慮很久才決定的禮物，沒想到四天後就是她的生日。以我的立場來說也想過乾脆一起慶祝算了，不過我們才剛交往沒多久，應該還是分成兩次慶祝比較好吧。」

原來是這麼回事嗎？

的確，生日跟聖誕節這種情侶之間的一大節日很接近的情況，或許會迷惘該怎麼慶祝呢。

即使一起慶祝比較輕鬆，但站在壽星的立場來想，也可能覺得不太開心。

「話說回來，你的女友是學妹啊。你們是怎麼認識的？」

「是透過社團活動。我隸屬於管樂社，她是我社團的學妹。」

原來如此。因為我幾乎沒有朋友在文化社團，才有這個盲點啊。

也就是說他們在社團共有時間的過程中認識彼此，加深了感情嗎？

「不過，原來坂柳妳也會陪別人商量這種事啊。」

「雖然不覺得我適合這種事情，但真田同學跟學妹在交往的事，目前好像還在保密。在社團活動時似乎會有很多問題呢。」

坂柳用還是有些不爽的視線看向我，同時如此回答。

雖然不是很懂，但社團是否存在著一些限制，像是學長姊不能跟學弟妹交往，或是加入社團後有一定期間禁止戀愛之類的呢？

當然就算有，那與其說是學校的規則，不如說更有可能是學生之間決定的潛規則。

因為如果有明文規定，不可能只適用於管樂社。

「該說不愧是坂柳同學嗎？那個，因為被坂柳同學發現了──」

敏銳的坂柳察覺到同班同學的變化，恐怕是讓人去收集情報了吧。

因此真田才會覺得既然這樣，乾脆直接拜託坂柳吧。

「我明白來龍去脈了，但為什麼要約我啊？」

如果是希望我幫忙給些建議還能理解，但他們兩人完全沒找我商量過，就自行決定好要送的禮物了。

「那是因為……」

真田露出有些為難的表情，坂柳代替他說出真相。

「是我想要捉弄一下綾小路同學。」

「莫非就是妳剛才說的玩笑？」

「對。令人不開心的是，綾小路同學你絲毫沒有感到驚訝或懷疑就是了。」

即使多少有些驚訝，但我並沒有起疑心。

畢竟追根究柢來說，我並沒有多關心坂柳是否在跟誰交往嘛。

「請不要當真。會邀請綾小路同學，是為了避免被人以為我們在約會。假如宮學妹目擊到我跟真田同學兩人在逛街的場面，會怎麼想呢？」

「可能會產生誤會啊。」

倘若我也混在裡面，就變成兩男一女。

身為女友的學妹就不會懷疑他們可能是在約會了。

「雖然早一點去邀請其他同學比較好，但那樣也會暴露真田同學有女友的事實嘛。所以才打算當作是當天碰巧遇到，邀請某人同行的。」

看來我似乎是剛好被選中了。

向坂柳搭話到底是不是正確的決定呢？

關於這次的情況，因為也與真田像這樣認識了，應該可以說是正確的決定嗎？

儘管沒看到禮物是什麼，真田很寶貝似的抱著。

這表示他就是那麼重視女友吧。

「真田同學，請加油喔。」

「是的，謝謝妳，坂柳同學。」

真田將剛買好的禮物抱在胸口，低頭道謝。

看起來很高興地邁出步伐的真田挺直了背，說不定接下來是要飛奔到女友身邊。搞不好會因為一時衝動，在女友生日前就把禮物送給她了呢。

「對了，綾小路同學。你今天已經放棄蛋糕了，對嗎？」

「嗯？對，我是這麼打算的。只不過機會難得，回去的路上——」

「現在不推薦你買便利商店的甜點，這個時候品質欠佳喔。」

順道去便利商店看看好了……她在我做出這番發言前，先給了我值得感激的建議。

「我會推薦你今天就乖乖地回家，明年再挑戰。要是在此妥協，該怎麼說呢——是很遺憾的人喔。」

不過是個蛋糕。縱使覺得要什麼時候在哪裡吃都是個人的自由，但我沒了那個興致。

「……看來那麼做比較好啊。」

畢竟要是現在硬要買蛋糕，好像會被坂柳貼上「遺憾的人」這個標籤嘛。

4

結果這一天我沒有買蛋糕，就這樣回到了宿舍。

然後像是要甩開雜念般，在網路上學習關於即將到來的新年知識。

因為去年沒多想地度過了新年，有些後悔。

或許在新年時做些應景的事情也不錯。

畢竟在White Room就連一個慶祝新年的麻糬都吃不到嘛。

我一邊調查各種東西，一邊吃完晚餐的晚上八點左右。

就在開始煩惱要不要洗澡時，接到一通電話。

『晚安，綾小路同學。』

「沒想到會在這個時間接到坂柳打來的電話啊。」

『我想說姑且確認一下。』

「話先說在前頭，我可沒有變成遺憾的人喔。」

我想說開個玩笑，先發制人地這麼回答。

『呵呵，我想也是呢。因為綾小路同學不是遺憾的人。』

但看電話那頭的反應，她實際上也有這個目的嗎？

「我會把它當成明年的樂趣。」

我率直地將這種積極樂觀的心情告訴她，這並非在嘴硬。

『這樣啊。』

坂柳很高興地在電話那頭笑了。

『話說回來，輕井澤同學的身體好一點了嗎？』

「她好像退燒了，之後只要再忍耐兩天就好。」

即使退燒了，以規則來說，退燒後的兩天還是必須在自己房間休養才行。

『這樣啊，那對我來說正方便。那麼，現在可以跟你約時間見面嗎？』

「現在？是沒什麼問題，但妳有什麼事嗎？」

『等見面之後你就知道了，敬請期待。可以到你房間拜訪嗎？』

「妳打算來我房間嗎？」

『你不方便讓人突然拜訪嗎？』

「不，是沒差。」

『那我就不客氣了。』

坂柳如此回答後，立刻掛斷電話。

我還來不及想她結束通話的方式真是粗暴，就聽見溫柔的敲門聲。

「是這麼回事啊。」

我起身前往玄關，一打開門就看到剛才那通電話的主人——坂柳的身影。

「妳去了哪裡嗎？」

要說她是從自己房間過來的，穿得實在厚重了點。

而且在肩膀和帽子等地方也稍微沾到了雪。

「聖誕快樂。聖誕老人登場嘍。」

我們一對上視線，坂柳就單手拿著小盒子，推向我眼前。

我接過那盒子，她便一臉滿意地點了點頭。

不過，沒想到她居然自稱聖誕老人。

「今天已經是二十六日晚上，這個聖誕老人登場得還真慢啊。」

「聖誕老人的原型是聖尼古拉斯。據說他曾存在於土耳其南部沿海地區。如果要在分送完禮物後，駕著雪橇來到日本，然後來到這個地方，會稍微遲到應該也是無可奈何的吧。」

不曉得是一本正經或是反過來在開玩笑，她像這樣回答了。

「無論放眼過去或未來，都只有坂柳妳會做出這種獨特的反駁吧。」

總之一直讓她站在玄關也不是辦法，因此我邀請她進房間。

「我就不客氣地打擾了。」

「然後呢？遲到的聖誕老人有什麼事要找我嗎？」

「我想你已經猜到，我帶了聖誕蛋糕來給你。畢竟自稱是聖誕老人，所以你大可老實地把這當成禮物收下。」

「哎，從外盒來看感覺就是那樣，不過有種強烈的既視感啊。」

「對，那正是我這麼做的理由。不是跟你約好了會帶別的蛋糕過來嗎？」

莫非坂柳從那時開始，就策劃好要再次迎接這個瞬間嗎？

那時她看穿我對蒙布朗沒什麼興趣，的確是說了下次會雪恥……

「剛好挑在今天應該不是巧合吧？」

「當然了。因為綾小路同學你想吃蛋糕，我心想這是個好機會。不推薦你買便利商店的甜點也是為了避免重複。」

「所以妳才會用那種形容強硬地讓我遠離便利商店啊。」

「對，事情完全按照我的戰略發展了呢。」

假如我順路去便利商店，決定總之先買個蛋糕來吃，等坂柳帶蛋糕過來時，能不能吃得津津有味就有點可疑了吧。

「而且你好像孤單地度過了聖誕節，我是來救濟你的。」

「這樣好嗎？A班的領袖這麼晚了還來男生的房間。」

「即使被發現，會傷腦筋的也是綾小路同學你嘛。」

這點我無法否認。就算我說是坂柳硬要來我房間的，會遭到更多批評的人肯定是我。

「而且現在才晚上八點。既然是寒假，這個時間也沒什麼好驚訝的吧？」

「或許吧。」

「你的房間還是一樣收拾得很乾淨呢，真佩服。我曾到幾名女生的房間打擾過，但沒有人像你一樣保持得這麼乾淨喔。」

坂柳如此稱讚後，向我打了聲招呼，坐在床鋪上。

然後脫掉原本穿著的外套。

「如果今天沒能見到我，妳打算怎麼辦？」

像是我在睡覺或出門了，應該能想到好幾種可能性。

「我原本是打算在與聖誕節無緣的時候打擾的。」

也就是選在今天來只是碰巧嗎？

畢竟她好像也有考慮到輕井澤的事嘛。

「我想你應該猜到了，我有好好地準備兩個蛋糕。」

畢竟接過盒子的時候，感覺就不是一個蛋糕的重量嘛。

她似乎打算在這裡跟我一起吃完再回家。

「那我去準備飲料，跟上次一樣可以嗎？」

「我會心懷感激地在這邊等候。」

為了準備上次泡的咖啡，我站在廚房裡。

「你站在廚房裡的身影越來越有模有樣了呢。」

「宿舍生活過久了，下廚的機會總是會變多嘛。」

「這要看人怎麼想吧？畢竟可以選擇便利商店或學餐，就算沒錢，這個環境也不用擔心沒得吃飯。」

「……或許吧。大概單純只是我想要下廚而已吧。」

「畢竟這是在White Room無法想像的事情吧。不過真遺憾呢。即使綾小路同學練出了職業級的廚藝，畢業後也不存在能活用那手藝的地方。」

在櫸樹購物中心時也是這樣，她今天很愛提那方面的話題。

「雖然是事實，但妳是想跟我互相試探嗎？我不覺得妳能看清所有White Room的實際情形。也很難想像坂柳理事長會輕易地洩漏給女兒知道。」

因為我背對著坂柳，看不見她的表情，但她一定是在笑吧。

「我說的話的確只限於想像的範疇內。就如同你所說的，我也並非很清楚White Room的詳

情。不過我的猜測應該雖不中亦不遠矣吧？」

「是啊。我在畢業後或退學後會被帶回White Room，轉變成指導者的立場。然後會一直被賦予培育後進的職責，直到不需要我為止吧。」

如果是到沒多久前為止，我對這樣的結果毫無疑問。

但現在雖然只是一丁點，我卻對這種結局感到疑問。

讓我進這所學校就讀的好處與壞處。將這兩者放在天平上衡量時，無論如何都會出現不合理的一面。

當然我並不曉得外面的情況。那男人說White Room重新運作起來，但既然無法掌握實際情況，就沒有辦法從這裡確認那是事實還是謊言。

在端咖啡過去的同時，也準備了兩個淺盤。

這是用來分蛋糕的盤子。

「話說回來，我可以期待蛋糕的味道嗎？」

「我並不曉得綾小路同學的喜好，如果這次不行，我只要再另外找機會雪恥。反倒應該說假如不合你胃口，又能再找機會雪恥，說不定比較好呢。」

沒想到她居然會講這種就算不好吃也彷彿正合她意的話。

這時就算要撒謊，說不定也應該回答好吃啊。

「倘若是演技，我有自信能夠看穿。」

「別看透我接下來的想法啦。」

「你的日常思考回路十分好懂，很不錯呢。非常單純明快喔。」

坂柳很清楚我是資歷才第二年的平凡學生，是個初出茅廬的小伙子。她似乎把我從校園生活和外在因素受到的影響力也計算並考慮進去了。

我打開盒子，只見裡面並排著兩個可說是王道的草莓蛋糕。

「這是在哪裡買的蛋糕啊？應該不是妳事先準備好的吧？」

盒子上還有像是店家商標的圖案。

很難想像是便利商店或超市平常在販售的商品。

「那是有點特殊的經過。直到前一刻我都是預計買便利商店的甜點來拜訪，但在途中遇到正準備從櫸樹購物中心回家，跟我同班的澤田同學。聽說她原本在著名的店舖訂購了蛋糕，但因為下雪的關係延後到貨，導致今天才拿到的樣子。不過聖誕節時她似乎已經放棄，吃了另外買的蛋糕，所以去領了蛋糕的她正在想該怎麼處理——大致的經過就是這樣。」

「也就是說妳從澤田手上搶走看起來很好吃的蛋糕。」

話說回來，居然有這麼湊巧的事情啊。

不，她可是坂柳。有可能事先就拿到了這些情報啊。

但去追究這些也只顯得不解風情。

「我有好好地支付了個人點數給她，敬請放心。雖然我無從得知澤田同學是打算一個人吃掉這兩個蛋糕，或是打算與特定的某人一起吃就是了。」

在其他人不知情的地方培育愛情的學生說不定比想像中還多啊。

然後我決定享用坂柳送的蛋糕。

雖然吃過幾次草莓蛋糕，但這不愧是著名店家的商品，總覺得從鮮奶油就不一樣了。感覺比上次的蒙布朗要好吃很多。

「看來似乎很合你的胃口呢。」

「我什麼都還沒說。」

儘管感覺已經穿幫，我還是動著停不下來的手，吃了第二口。

「就算你不說我也明白。雖然因為不是我挑選的，感覺有些複雜就是了。」

如此回答的坂柳也把蛋糕送入嘴中，一臉滿足地點了點頭。

「不過，味道似乎非常出眾呢。」

應該接受的部分就坦然接受——展現出這種模樣的坂柳看起來十分幸福。

我們並沒有特別說什麼，就這樣兩人一起吃完蛋糕，歇了口氣。

就在時間差不多要邁向九點時，坂柳這麼開口說道：

「接下來要不要到外面稍微散步一下？」

「到外面？」

儘管也可以拒絕，之後也只有要洗澡睡覺而已。

能在降雪的道路上散步的機會很有限，在那之前先去體驗看看也不壞。

「好像不錯啊。」

因為也沒什麼理由拒絕，我決定答應她的提議。

最重要的是，坂柳看起來好像還有話想說的樣子。

「那麼，我先到大廳等你喔。」

坂柳考慮到我要換衣服，拄著拐杖站了起來。

那我就準備好再追上去吧。

5

我跟在宿舍大廳站著等待的坂柳會合，兩人一起來到外面。

一旦到了這個時間，也不會馬上就看到其他學生的身影。

「外面果然很冷呢。」

雪正好是從平安夜開始下的，再加上這種低氣溫，外面積了厚厚一層雪。

「去年也有人說會下雪很稀奇，沒想到居然連續兩年都積雪啊。」

這個積雪量讓人有些寸步難行，然而坂柳豈止不覺得傷腦筋，還樂在其中的樣子。

「如果一整年都在下雪就相當棘手了，不過偶爾享受一下，是很棒的環境呢。」

「可是有積雪，不會很不方便嗎？」

「步行效率當然會明顯降低，但請不用擔心。因為教育旅行時我在比這裡更加艱困的狀況下累積了不少經驗。」

展露出自信的坂柳開始指導如何在積雪下使用拐杖步行。

簡直就像在發表戰略般，她的語調聽起來既開心又快樂。

然而在旁邊看著感覺非常危險，令人擔心不已。

我才這麼心想，就看到坂柳打算將刺進雪裡的拐杖拔出來的瞬間，似乎無法順利拔出，她重心失衡，差點跌倒。

事先就準備好要幫忙的我，在發生慘劇之前按住她的肩膀，防止她跌倒。

「很危險喔。」

「呵呵。」

以為她會因為差點跌倒產生動搖，不過坂柳感到滑稽似的笑了。

「綾小路同學就是這樣的人。」

「嗯？」

我並不理解坂柳在說什麼這點，是否讓她感到更開心了呢？

「我有自信能順利行走。然而要是太過亂來，跌倒的風險的確會提升。但是，我已經預測到就算失敗，你也會幫我一把。」

實際上我的確伸出了援手，這表示她的想法命中了。

所以她才忍不住笑了嗎？

「這可沒有絕對的保證，真虧妳敢賭一把啊。」

就好像在不保證會綁安全繩的狀態下嘗試高空彈跳一般。

話雖如此，如果防雪網準備萬全，應該不用太擔心會受傷嗎？

「那麼妳約我晚上散步的理由是？有什麼話想跟我說對吧？」

「你這麼認為嗎？」

我點了點頭，於是坂柳像平常那樣露出微笑後，這麼詢問：

「從綾小路同學的角度來看，現在的A班看起來是什麼樣子呢？」

「什麼樣子是指？」

「例如優點或缺點等等，希望你能告訴我你感受到的部分。」

「原來如此。沒想到妳會問這個啊。」

「是這樣嗎？」

坂柳對自己秉持絕對的自信。

沒想到她會向我徵詢可能會影響班級方針的建議。

「這麼說有個大前提，妳認為我會為敵人雪中送炭嗎？」

「假如你是把A班視為敵人看待，那也沒辦法呢。」

那樣也是很令人高興的事情呢——坂柳稍微笑著如此說道。

「但我認為你應該會回答。」

「讓我聽聽妳這麼想的理由吧。」

「因為只要客觀地觀察你打算做的事情，就大概能猜想到了。」

坂柳似乎已經能看見我想像中的未來。

雖然她從之前就表現出那樣的態度，不知道她到底有幾分把握。

「既然妳都這麼斷言了，根本用不著聽我說A班的綜合評價吧？還是說沒有人掛保證，妳就無法對自己的想法抱持自信？」

「那是個愚昧的問題呢。」

不過我還是決定把這些話刻意化為言語。

A班在坂柳的指導下，十分有效率地進行著團結一致的戰鬥。捨棄應該捨棄的部分，物盡其用。確實且穩固地累積起班級點數，他們就是這樣的班級。

整體來說十分高的學力，雖然平均但沒有漏洞的身體能力。倘若要舉出缺點，頂多就目前看不到有精通特殊技能的學生吧。

走在一旁的坂柳沒有反駁，坦率地接受我說的話。

「到這邊為止，老實說不管誰來回答，答案都差不多吧。」

「那麼，也能讓我聽聽綾小路同學獨到的見解嗎？」

「這個嘛——」

雖然這樣有些殘酷，坂柳看起來也像是在期待我這麼做。

「妳對自己很有自信。實際上即使跟其他班的領袖比較，也的確具備出類拔萃的能力。但正因如此，在與同班同學建立關係這方面，妳給人慢了一步的印象。」

儘管能夠控制，結果那也只是在操縱而已。

A班的學生應該多一點人有自己的意見比較好。那也能讓班級更進步。

為此身為君主的坂柳必須與同班同學變親近才行。

「不需要那麼做吧。我希望能不帶感情地做出判斷。要是過於接近他人，會產生感情。要切割掉很疼愛的寵物時，迷惘會成為弱點。」

「那也是妳的自由。」

那並不算錯。如果她能貫徹那種孤高的強大，那也是了不起的武器。

「話說我有一件事很在意。」

「是什麼事呢？」

「妳派人監視我的理由是什麼？我最近也常感受到A班的視線喔。如果有在意的事情，妳大可像現在這樣直接來問我。」

「那不是我做的。我並沒有命令任何人去接觸綾小路同學。」

她斬釘截鐵地否認這個部分。

「綾小路同學是獨一無二的，就算讓第三者去試探你也毫無意義。畢竟最近的你好像沒那麼強烈地抗拒引人注目這件事了嘛。應該是有人察覺到一部分你原本就具備的潛力，而擅自做出那種行為吧。我明明沒問，但有幾個人熱心地向我提出報告了喔。」

那些報告內容都不值一提，不包含對坂柳而言有益的情報。

正因如此，她才會斷言毫無意義。

「他們是為了班級著想，才會自動自發地採取行動嗎？」

「應該也包含表現給我看的意義在吧，但是沒有領悟到那麼做毫無意義，表示他們還不夠成熟呢。」

無論做出多麼有用的行為，都不會因此受到坂柳的寵愛。

坂柳一邊用拐杖在雪地上戳洞，一邊跟我沿著道路前進。至今還沒有感受到其他人的氣息。

「我們就散步到這邊吧。」

「那要折返回頭嗎？」

「對。不過，請綾小路同學先回去吧。我要再吹一下晚風。」

「很危險吧？」

「就算跌倒也是在雪地上，再說這裡也不是雪山。」

的確，在這裡絕對不會演變成遇難而傷腦筋的狀況吧。

「或許我們年內已經不會再相見了。祝你有個美好的年末。」

「是啊。祝妳有個美好的一年。」

打完年末的招呼後，我跟坂柳道別了。

踩在雪地上朝著宿舍前進。

就這樣在聽不見坂柳腳步聲的狀態下，走了大約十步左右吧。

「綾小路同學。」

聽到她溫柔地叫我的名字，我轉過頭去。

坂柳用圍巾遮住嘴邊，雖然看起來很冷的樣子，仍注視著這邊。

「怎麼了？」

「我有一件事想先告訴你。能請你站在那個位置聽我說嗎？」

「妳果然還有正題沒講啊。」

我與坂柳就這樣隔著一段距離，面對面繼續交談起來。

「你早就猜到我還有什麼話想說了嗎？」

「隱約有這種感覺啦。」

「我也有需要勇氣的時候。讓我鼓起勇氣的就是這段距離。」

不到十公尺的距離。

這對坂柳而言，表現出為了發言所需要的勇氣。

「我喜歡上你了。」

這樣的話語。

「這並非單純喜歡你這個人，而是把你當成異性看待的感情。」

我靜靜地聆聽著坂柳這番當作是告白也不會錯的話語。

「能請你記住這一點嗎？」

「我不用給答覆嗎？」

「是的，我現在不求答覆。你大可打道回府了喔，請便。」

「這樣啊。」

我原本想就這樣再次背對她邁出步伐，但作罷了。

「可以讓我說句話嗎？」

「什麼話呢？」

「別看我這樣，我對坂柳妳的評價大概比妳所想的還要高，所以才想問。」

現在無論如何都想知道的事情。

「妳能把那種感情變成長處，而不是弱點嗎？」

坂柳是個聰明人，一定能理解我的意思吧。

所以我不會加上多餘的說明。

「那是個愚昧的問題呢。」

坂柳笑著如此回答。即使在黑暗當中，她的眼眸也明亮地閃耀著，散發出強韌的色彩。

6

綾小路離開後，坂柳一個人靜靜地漲紅著臉露出微笑。

「前幾天，在第二學期休業式那天，我跟你還有一之瀨同學三人一起交談了對吧。」

她用彷彿會被風聲掩蓋過去的音量喃喃自語道。

「我一直以為自己是站在指導她的立場，但我得知了並非如此。」

那是坂柳完美地自覺到自己戀情的瞬間。

在沒有任何人的降雪之夜中，坂柳繼續自言自語。

「我認為你是應該打倒的敵人。」

這是事實。

無庸置疑是真正的事實。

「我自詡為與生俱來的天才，不可能輸給你這個人工製造出來的天才。」

這就是理念。

「但是，你察覺到我除了應該打倒你的認知外，又產生其他認知了吧？」

已經看不見綾小路的背影。

坂柳將傳遞不到的聲音傳遞出去。

她再一次化為言語。

「我喜歡你。」

這是對坂柳而言和路邊的垃圾沒兩樣的一之瀨讓她察覺到的事情。

「就算我更明確地傳達出心意，也無法讓你的表情有所變化吧。」

坂柳沒有面對面地用更強烈的話語告白的理由，就只是這樣罷了。

然而無論這份感情是否會得到接受，坂柳都不覺得害怕。

「就是說呢。綾小路同學，你就是那樣的人。不是那種會因為瑣碎的小事、因為這種程度的事心慌意亂的人。」

一般來說，少女會因為這件事感到受傷並煩惱吧。

但坂柳正好相反。

反倒該說她更強烈地切身感受到，自己就是因此才會受到綾小路吸引。

「包括我在內，你把存在於這所學校的所有人都當成小孩子看待。認為凡事都會照你所想的進行，也一直讓事情按照你所想的進行吧。」

她沿著雪路邁出一步。

她具體地知道綾小路的計畫。

在三年級時描繪出來的構圖。

就這樣讓事情按照他希望的方向進行，實在很沒意思。

那麼，要怎麼做才能擾亂他的計畫？答案已經出來了。

想要妨礙他。

想看他為難的表情。

想讓他知道也有他算不到的領域。

想引出他的感情，然後再破壞他。想要愛他。

「真遺憾呢。你的計畫從夏天的無人島考試時，就開始出現偏差了。」

雖然非常想這麼告訴他，但這件事還是祕密。

正因為不知道、猜不到，將來的事情才有意思。

「我可以保證那個事實會變成把你朝意料之外的方向改變的第一步。」

坂柳非常期待他會在未來做出怎樣的決斷。

「第三學期真的讓人迫不及待呢——」

沉靜的胎動

年末即將逼近的十二月二十八日早上。

我看向枕邊的手機，發現在距今大約三十分鐘前的早上七點左右，好像收到了訊息。

是惠傳來簡短的訊息，內容是告訴我她的身體已經康復。

原本仰臥在床上看著手機的我暫且抬起身體，轉變成趴在床上的姿勢。

『妳醒著嗎？』

我這麼送出訊息後，不到三秒就出現已讀。

從這點也能推測出她一直緊握著手機在等我的回覆。

『嗯，我醒著。』

自從她得了流感後，我們曾聯絡幾次確認身體狀況，但就只有那樣而已。

是因為流感剛痊癒，還是因為拉開了一段距離呢？從文章感受不到她平常興奮的模樣，也沒有收到任何貼圖。

『妳今天有什麼計畫？』

我試著這麼回應。

如果她回覆今天有空，我原本打算順勢約她見面，但……

『抱歉。待會兒我打算跟小麻耶一起玩。病倒的期間她一直鼓勵我，也幫了很多忙，所以我想順便道謝。不行嗎？』

怎麼可能不行。那可以說是應該優先的重要事項吧。

要是她毫無意義地以我為優先，輕忽佐藤，就無法建立真正的友情。

當然了，關於這件事我不會潑她冷水。不能那麼做。

『我知道了。那今晚可以打電話給妳嗎？大概九點吧。想跟妳談談關於明天以後的事。』

原本計劃一起度過的聖誕節，還有最近拉開了距離的事情。

我們身為男女朋友，有很多應該面對面交談的事。

『嗯。』

她如此回覆後，又立刻傳了簡短的句子過來。

『那我等你聯絡。』

總之她的身體好像康復了，真是太好了。計畫能在年內有個眉目這點也很重要呢。剩下的就是我要怎麼度過今天了。今天一整天的計畫目前都還是空白的，所以我該到幾天沒去的健身房露面，還是窩在房間裡度過一天呢？

若是可能，我不想在外面遇到惠與佐藤，打擾她們兩人一起度過的時光。因此我刪除了一度在腦海中浮現的上健身房這個選項。櫸樹購物中心這個選項也在同時消失。要是發現我的存在，惠和佐藤也會心神不寧，無法好好享受兩人時光吧。正當我再次拿起手機，打算告訴她我今天一整天都會待在房間裡時，手機發出聲響。

有一瞬間以為說不定是惠打來的，但不巧的是那號碼不在聯絡人清單裡面。只不過我對這個號碼有印象。

該怎麼辦才好呢？

我暫時注視著手機螢幕。

試著觀察手機會響多久，然而感覺對方絲毫沒有要掛斷的意思，因此決定接起電話。

『喂，快點接電話啦。』

在我回應前，電話那頭的龍園便發出牢騷。

「我剛在上廁所。」

『那可難說。你難道不是覺得麻煩，想撐到手機不響為止嗎？』

漂亮。坂柳也好，龍園也好，他們越來越懂我日常思考的模式了呢。

『等一下出來碰個面吧。三十分鐘後在櫸樹購物中心的北口見。』

他對我的藉口似乎不感興趣，只說了自己的事情。

「你不確認一下我是否有空嗎？我的行程很緊湊耶。」

『把那些事延後。』

他不由分說地提出要求後，單方面地掛斷電話。

「他還是一樣我行我素啊。」

但那態度也不會讓人感到驚訝。是一如往常的龍園作風。

1

積雪的顛峰期也已經過去，原本厚厚一層的積雪描繪著圖案逐漸融化。

雖然陰影處還有殘留的雪，但那也是時間的問題吧。

話說回來，龍園居然在年末這個時期找我出來嗎？

學園祭時在戰略上會有牽扯，教育旅行時則是碰巧分到同一組，但那之後應該沒有什麼會扯上關係的要素。

目前又正值寒假，很難想像是和考試有關的話題。

我就在不知道他有什麼事情找我的狀態下，跟約定好的時間幾乎分秒不差地抵達櫸樹購物中心北口。

那裡沒看到龍園的身影，取而代之的是另一個人物背靠在牆上，雙手抱胸。

「葛城？這應該不是碰巧吧？」

櫸樹購物中心還沒有開店。除非他有什麼必須搶第一個進入店裡的事情，否則找不到這個時間就待在這裡的理由。

「龍園找你出來對吧，我也是一樣。」

既然他也找葛城出來，感覺應該不是想稍微閒聊一下啊。

「有什麼事情就單方面把人叫出來。這是龍園的壞習慣。」

從A班轉到龍園班以後，葛城在許多場面與龍園一同行動。

「你完全是個參謀了啊。龍園似乎也非常信任你。」

「如果是那樣就好了。」

儘管葛城沒有明顯露出很開心的表情，但看來也不討厭被這麼說。

「那他找我們出來的理由是？」

「天曉得，這要直接問龍園了。」

同樣被叫出來的葛城似乎也沒有聽說要談什麼事情。

「反正八成是不好的企圖。你應該也察覺到這點了吧。」

「唉，是有察覺到可能是麻煩事啦。」

「既然這樣，你也可以無視他。」

「之後會更麻煩吧？」

「那僅限一般學生。因為他有時會提到你的名字，都是以包含最大限度的讚美詞對你讚不絕口。這證明他很清楚現在的自己敵不過你。」

「讚不絕口？……我無法想像啊。」

「像是我要抹消他、我要擊潰他、我要殺掉他——不管怎麼看，都對你讚不絕口吧？」

「那不是讚不絕口，是想殺我滅口吧。」

這番話有一半是葛城在捉弄我嗎？只見他稍微揚起嘴角笑了。

「畢竟在我們班外面，沒有一個實力與他在對等之上，又能夠用真心話交談的對象啊。這表示就這層意義來說，你的存在對那傢伙而言非常重要。」

就實力在對等以上這個意義來看，坂柳應該也行吧，但她畢竟是眼前應該打倒的對手嘛。不是能夠只用真心話交流的關係。

「話說回來，儘管是具備有利要素的特別考試，沒想到你們居然會打倒坂柳。要是這下能稍微挫挫她的銳氣就好了。」

「坂柳也是把能做的事情都做過才輸的，敗北的影響很有限吧。我們也不過是因為有好幾件事情同時進行得很順利，順著這種時候特有的潮流僥倖獲勝罷了。」

「順著潮流嗎？但那也是一場如果沒有實力，不管怎麼努力都贏不了的特別考試。」

葛城稱讚我們能贏無庸置疑是班級的實力。

「你們好像被一之瀨班拉開不小的差距啊。」

「那個班級無論是怎樣的特別考試，都會以積極的態度去面對，忠於基本。而且整個班級都井然有序。」

絕對不是能輕鬆打敗的對手——葛城如此分析。

「我們班的課題非常明確。與其他班級相比之下，遠不如其他人的學力。倘若不設法解決這個問題，今後也必須進行幾場不利的戰鬥吧。」

雖然能看出課題，要改善這點是極為困難的任務。

畢竟學力可不是一朝一夕就能培養出來的嘛。

「在之前那場特別考試中，我主張應該先捨棄眼前的利益，致力於提升班級整體的學力，但龍園好像不打算採納這個建議。」

畢竟他非常偏向如果用正攻法贏不了，就依靠詭計或奇襲來獲勝的做法嘛。

「只不過就算這樣，一直置之不理也無法突破現狀，解決問題。人是很有趣的生物，會在無意識中挑選自己喜歡的對象。即使龍園把班上所有人都當成手腳在使喚，還是會分成常重用的學

生與幾乎不會活用的學生。」

「不是單純有沒有實力的問題嗎？」

倘若是像石崎或阿爾伯特一樣順從又比較習慣做壞事的學生，與會反抗又討厭做壞事的人，龍園必然會重用前者，這是理所當然的。

「沒錯，在無關實力的地方也能看見徵兆，很不可思議吧？」

「是啊。」

「所以我認為龍園不太會活用的學生應該時間比較多，正積極地在指導他們念書。當然是瞞著龍園這麼做。」

假如龍園聽說這件事情，是否會斥責葛城，要他別做多餘的事呢？即使在表面上露出憤怒的樣子，實際上也不會阻止葛城的行動吧？如果是已經成長到這個地步的龍園，應該會判斷這是必要的處置。畢竟他會花大錢挖角葛城，也是為了讓葛城找出自己辦不到的方法，交給他處理。

「讓我聽這麼重要的事情沒關係嗎？」

「這也是很不可思議的事，但有時把祕密告訴某人，可以在精神上變得輕鬆一點。」

「我說不定會跟龍園告狀喔。」

「如果你是那種人，我只能反省自己看走眼了。」

這說法表示他在這一點很信賴我。

他巧妙地施加了無法背叛的精神壓力啊。

這時葛城中斷對話，將臉看向我的後方。

「目中無人的男人要登場了。他看起來完全沒有在反省自己遲到這件事啊。」

葛城傻眼地將背從牆上移開，我效法他看向後方，於是看到龍園緩緩地走向這邊的身影。

他似乎順路去了便利商店，左手腕上掛著塑膠袋。

「好像都到齊了啊。」

「你應該向綾小路道聲歉吧？」

「誰管他啊。他該感謝我沒挑在新年找他出來吧。」

即使被葛城催促向我謝罪，龍園當然也視若無睹，邁出步伐。我和葛城有一瞬間四目交接，交換著「彼此都很辛苦啊」的視線。一如往常的龍園一邁出步伐，就從塑膠袋裡拿出漢堡，然後把空的塑膠袋收到口袋裡。

是沒吃早餐嗎？他就那樣拆開包裝紙吃了起來。

不能吃完早餐再過來嗎？葛城用這種傻眼的眼神看著他。

「讓我們聽聽你是因為什麼理由，把我跟綾小路叫出來的吧。」

雖然葛城用強烈的語氣質問，但龍園似乎不打算立刻回答，他默默地繼續咀嚼。

重複幾次咀嚼後，他在胃總算能接受的時候開始說道：

「我從三年級生那邊聽到了有趣的消息，我是想跟你們共有那個消息。據說第三學期好像有巨大的難關在同年級裡等著啊。」

「巨大的難關？那應該是指學年末考試吧。沒什麼好驚訝的。」

至今已經以好幾種形式確認到學年末考試應該會十分殘酷的布局。

很難想像龍園是為了傳達這種早就一清二楚的事情才找我們出來的。

「未必只有學年末考試而已吧？」

我慢了半拍才插嘴葛城的回答。

「我們一直在注目第三學期的尾聲，但有可能不是那麼回事。」

「綾小路，你也聽說了什麼嗎？」

「聽說在第三學期開始時，說不定會實施有可能出現退學者的特別考試。不曉得有多少可信度就是了。」

龍園是否也聽說了同樣的事情呢？他聽到我這麼說，咧嘴一笑。

「順便問一下，你是什麼時候聽說的？」

「是三天前的十二月二十五日。消息來源是三年B班的鬼龍院。」

「跟我同一天啊。我是聽三年D班一個叫籾山的傢伙講的。」

「假設真的有存在風險的考試，龍園跟綾小路都幾乎在相同時期聽說這個消息。為什麼？」

「只是碰巧……或者——」

「是校方刻意控制在這個時期流出情報吧。」

那似乎逐漸轉變成確信，龍園用力咬了一口漢堡。

堀北B班是從B班的鬼龍院那裡聽說。

龍園D班是從D班的籾山那裡聽說。

情報來源的班級等級一致這點，很讓人在意。

倘若坂柳從A班學生、一之瀨從C班學生那邊聽說消息，表示這樣的猜測命中了。

「不過，真的可以那麼斷定嗎？有沒有可能是有人慫恿三年級生散播假消息？最重要的是目前正值寒假吧？」

「咯咯，所以可信度才高啊。」

既然正在放假，學生們當然會鬆懈下來。大家正在放鬆的氛圍中過著快樂的生活。如果這是假消息，反倒只是讓學生們提早擺出應戰姿勢，沒什麼太大的效果。也無法期待在精神層面上能造成多少不安。

「要我們先做好準備應付衝擊的警告，這麼想比較自然吧。」

對於我跟龍園都同樣知情的這種狀況，葛城冷靜地這麼分析了。

如果這是三年級給特定班級的訊息，以發展來說十分漂亮。

「其他還有誰聽說了同樣的消息嗎？」

對於葛城這個提問，我左右搖了搖頭，龍園沒有反應，那就是答案了吧。

倘若石崎等人有聽說，應該會立刻向龍園報告嘛。

「只會通告一名各班的代表——應該這麼想嗎？」

「即使八成拿不到確切的證據，應該可以認為坂柳和一之瀨也都收到消息了吧。就算再怎麼迂迴，她們也不是會漏聽這類情報的笨蛋呢。」

「不過那樣就會浮現一個疑問。為何二年B班的代表是綾小路？照常理來想，應該選中堀北不是嗎？或者是碰巧選中龍園，也有可能另外兩班選中的是坂柳和一之瀨以外的人……不，很難想像啊。」

雖然試著擬定新的假說，但葛城也在中途自己否定了這個假說。

「學校終歸是站在中立的立場。如果要用警告這種形式當作前言，應該只會事先通知領袖，讓他們做好心理準備。畢竟有必要篩選出最起碼能夠接受並理解三年級生這樣警告的人吧。」

「儘管鈴音也逐漸在增強實力，就算校方或三年級那些傢伙認為綾小路才是領袖而選中他也不奇怪。這有什麼好驚訝的嗎？」

最近因為學生會相關的事情，我的確有很多機會在近距離與南雲和桐山兩人交談。

就算如此，如果是桐山，感覺他還是會選擇堀北。

最重要的是，這並沒有消除鬼龍院為何會來接觸我的疑問。

硬要解釋的話，就是校方指示三年級的領袖們傳話給二年級的領袖們。桐山原本打算告訴堀北這個消息，而聽到這件事的鬼龍院自己志願接下這個任務，選擇與我接觸並傳話給我——

不曉得這個解釋是否正確，既然我已經知道傳言的內容，就產生了通知堀北這件事的必要性與義務。

「假設去年也進行了同樣的事，說不定會在混合合宿的前後進行這次暗示的特別考試啊。」

如此低喃的葛城再次彙整自己零散的話語。

「在第三學期舉行的特別考試，從一月上旬到下旬有兩場，在三月上旬的班級投票特別考試這個時期有一場。之後是學年末考試，合計共有四場。」

也就是說目前能想到的特別考試的機會，第一年有三次，再加上第二年有四次。

只是不能忘記這些不過都是臆測而已。畢竟班級投票好像就是在預定之外，往年沒有實施過的考試嘛。假設不存在，那第三學期進行的特別考試總共就是三場。

結果去年是去年，終究只能當參考而已。說得誇張點，也有可能除了筆試之外，其實到學年末為止都不會實施特別考試，而且也無法斷言不會只有四次，而是多達五、六次這種狀況吧。

「班級投票嗎？記得坂柳逼迫你讓戶塚退學啊。」

「……沒錯。」

似乎是回想起去年苦澀的記憶，葛城的表情蒙上陰影。

吃完漢堡的龍園看起來很高興地在葛城之後把話接下去。

「視情況而定，搞不好不是有一、兩個人退學就能了事啊。」

就像他這麼隨口預知般，最好先當作那場考試會具備與事實相符的風險。

「退學者嗎？若是可以，希望不會有人退學。」

「咯咯，別說那種天真的話啦。我們這個年級的學生還是太多啦。要是校方不來個要砍掉五人或十人的考試，就沒意思了吧。」

對於應該是在擔心同班同學們的葛城，龍園展現出恰好相反的想法。

「龍園，別忘了你也有被當成目標的風險啊。」

「誰怕誰。不管是坂柳還一之瀨，如果他們要放馬過來，我只需要擊潰他們而已。」

「如果是這麼好懂的敵人就好了。未必不會出現打算從內部把你踢下去的人。」

內部——換言之，就是自己所屬的班級。

對於行事風格經常在樹立敵人的龍園來說，想必有很多敵人吧。

但他並非會因為這種事感到不安的男人。

「如果用不著我來選要切割掉的人，那事情就好辦多啦。」

「真是夠了……話先說在前頭，要是你輕易地做出切割同伴的判斷，我可是會反抗的喔。」

「隨你高興。」

要是插手阻止的葛城會礙事，龍園應該不會手下留情，就算這樣，如果是某種程度內的事，葛城還是能發揮作用成為制止者。

不過──令人費解的點並沒有消失。

走在一旁的葛城是否也抱持著同樣的疑問呢？他的表情十分僵硬。

如果龍園的目的只是要推敲逼近眼前的嚴苛特別考試，用不著像這樣三人聚在一起討論。

「下次的特別考試假如是能夠一對一勝負的規則，我會吞掉坂柳班。」

應該還隱藏著正題──

龍園彷彿看透了我跟葛城這樣的想法，如此開口說道。

「龍園，你打什麼主意？光是學年末考試的直接對決還不夠嗎？」

「不夠啊。至少我想多看一次那女人滿是屈辱的表情。」

既然他指名了想對戰的對手，就是要我別插手的意思吧。

「就算你沒有特別警告，堀北主動希望與坂柳班對決的可能性也很低。就現況來說，除非是只特別重視團隊合作的特別考試，否則跟綜合能力遠在我們之上的坂柳班戰鬥沒任何好處嘛。」

如果拿來和目前跌到後面排名的班級衡量，堀北八成會選擇一之瀨吧。

「在目前這個時間點指名A班不能說是上策。倘若跟上次一樣是以學力為基礎的特別考試，他們可能會變成最難對付的敵人喔。」

的確沒有必要在這個階段先指名。

但就算如此，龍園似乎不惜背負風險，也希望與坂柳對戰。

「因為坂柳八成認為我是隨時都能打倒的對手吧。我要糾正她那種天真的認知。」

「……我實在不想贊同這件事。」

「那麼葛城，你要選一之瀨嗎？她已經變成相當棘手的對手嘍。」

看來龍園似乎也注意到一之瀨開始產生巨大的變化。雖然葛城也有必要重新認識到這一點，他果然還是對龍園指名坂柳一事感到不滿吧。

「你評論一之瀨很棘手這點並不壞。但綜合來看，目前還是坂柳占上風。即使一之瀨的變化大到足以顛覆以往的評價，也無法想像她會在坂柳之上。總之，首先應該等到進入第三學期，校方公開情報再來決定。」

葛城並非輕視一之瀨，他認為應該等掌握到特別考試的內容後，再來選擇要跟哪一班戰鬥，這提議十分合理。

「理由是什麼都無所謂吧？龍園單純是想和坂柳戰鬥吧。」

「所以才傷腦筋。既然身為領袖，應該盡可能選擇勝算比較高的方法。在現在這個時間點就確定要與強敵戰鬥這種事，無異於自己捨棄掉勝利。」

我們三人沒有停下腳步，一邊重複這樣的議論，一邊在櫸樹購物中心周遭散步。

看來他們暫時不會放我走啊。

2

應當裝飾在正面入口玄關處的大型聖誕樹。

輕井澤注視著已經撤除聖誕樹的空虛空間，同時露出憂鬱的表情。

「唉──」

沉重的嘆息很自然地冒了出來。

剛抵達約定地點的佐藤在輕井澤的背後聽見那聲嘆息。

「小惠，妳等很久了嗎？」

「啊，小麻耶。沒有喔，我也是剛剛才到。」

身體也完全康復的二十八日，輕井澤約了佐藤一起出來玩。

就如同她也向綾小路說明過的，這是因為在她得流感的期間，請佐藤幫了好幾次忙。

倘若有需要的東西或缺乏的東西，不論是什麼時間，佐藤都會帶來給輕井澤。

感到寂寞的時候，佐藤也會立刻回覆訊息。

她幫忙承受了輕井澤好幾次想傳送給綾小路，卻又不敢送出的難受心情。

然後對輕井澤突然的邀約也爽快地答應，沒有露出絲毫厭惡的表情。

「對不起喔，突然約妳出來。」

「根本不用道歉啊。首先恭喜妳痊癒～真的太好了。」

「謝謝妳。只是流感而已，那樣會不會太誇張啦？」

「也有人因為流感病得很嚴重喔。」

佐藤握住輕井澤的手，彷彿孩子一般替她康復一事感到開心。

「或許這麼說是多管閒事……妳應該有好好地告訴綾小路妳已經痊癒的事吧？」

「嗯，我早上告訴他了。他說晚上再來談談聖誕節時沒能完成的約定。」

「這樣啊，這樣啊！那不是太好了嗎！」

佐藤貿然斷定他們兩人已經和好，這下就萬事解決，然而看到輕井澤開心不起來的模樣，她立刻收起笑容。

「或許可以完成要見面的約定，但不知道見面之後會怎樣……」

「就、就算不知道……你們只是稍微吵架而已吧？」

就佐藤聽說的範圍，很難想像問題有當事者說的那麼嚴重。

最重要的是錯在綾小路。

但輕井澤另外有個一直在腦海中不停浮現又消失的問題。

「清隆說不定喜歡上一之瀨同學了。」

喜歡上其他人。

輕井澤身體不適的期間，一直在思考這種最糟糕的發展。

「不不不，絕對沒那回事啦。沒事的沒事的，對吧？」

「……嗯……」

輕井澤的應答漸漸恢復成平時一般流暢，能夠確認到自己的話語確實有傳達出去，佐藤在內心暫且鬆了口氣。

與此同時她也對自掘墳墓這點感到後悔，因為無法收回說過的話，佐藤絞盡腦汁想方設法，拚命地想轉換成其他話題。

「就、就快要新年了呢～該說一年眨眼間就過去了嗎！」

聖誕樹被撤除。周遭已經為了迎接新年有所動作。

「嗯，對啊……我也好想看聖誕樹呢。」

「唔……！」

還有留戀的輕井澤站在原地不動，一直注視著那個地方。

逐漸準備好的聖誕樹。原本應該會在裝飾品閃閃發光的二十四日那天跟綾小路約會，然後在這裡拍紀念照。

佐藤又不小心接連挖了墳墓，她拉拉自己的臉頰。

「還、還有明年啊。對吧？」

「是嗎……嗯，說得也是。」

明年。現在的輕井澤根本無法想像那種一年後的事情。

就連明天的事情都籠罩在黑暗中，一點都不透明。

佐藤東張西望地環顧周圍，與一直沒有移開視線的輕井澤形成對比。

希望輕井澤能打起精神。雖然這點最優先，佐藤會爽快地答應輕井澤的邀約，其實還有另一個目的。那就是與綾小路碰面。

假如問題還沒有解決，那就等於是他刻意避不見面，所以要互相聯絡讓他們倆見面很困難。

既然這樣，就依靠巧合的力量吧。

所幸他們已經聯絡上，好像也約好明天要見面，但就算提前見面也無所謂。

如果能讓現在的輕井澤打起精神，佐藤認為即使是男友也無所謂。

剩下就只差在一起散心的時候，遇見綾小路而已。

到時佐藤再巧妙地推他們一把讓兩人和好，這是最理想的發展。

但想見面的時候總是見不到面。

而且——佐藤思考起來。

如果綾小路知道輕井澤今天是跟自己出門，可能不會隨便現身吧。證明這點的就是眼前的輕井澤。

她甚至沒有表現出試圖尋找男友身影的態度。

與其說綾小路帶有惡意，不如說這是他為了不妨礙兩人的顧慮吧。

既然無法期待意外相遇，這時就只能靠佐藤努力撐住了。

「我們就忘記那些討厭的事情，盡情地玩個夠吧。」

佐藤決定順其自然，用力地抓住輕井澤的雙肩。

看到佐藤拚命想鼓勵朋友的眼神，輕井澤也反省自己。

明明是為了向摯友道謝才約她出來，卻又讓她擔心了。

這樣就不曉得究竟是為了什麼才找她出來的。

「說得也是呢。」

輕井澤下定決心，至少現在不要露出陰沉的表情吧。

彷彿逃避般來到這所學校後，交到的真正的朋友、摯友。

輕井澤深深感謝著朋友給予的溫暖，同時伸出了手。

雖然佐藤有一瞬間無法理解那隻手的意思，但看到輕井澤露出的微笑，她立刻明白了。

佐藤回握輕井澤伸出的手，兩人手牽著手。

彼此的手指都還很冰冷，兩人互相笑著說：「很冰呢。」

並不是沒有因為一時興起而與某人牽手的經驗。

並不是沒有雖然內心覺得很難為情，還是配合現場氣氛的經驗。

現在也覺得有一點害羞。

儘管如此，心情仍然連繫起來了。

倘若別人看到，或許會因為各自的妄想，說兩人這樣很幼稚，或者是否有戀愛感情什麼的。

但兩人只是因為想跟摯友牽手，付諸實行而已。

就只是這麼純粹的念頭。

兩人確信至少現在完全不會在意周圍的雜音。

「呵呵呵，我來讓妳忘記一切吧～～」

「呀啊～好可怕～！」

只有兩人的世界。

輕井澤與佐藤決心要在櫸樹購物中心從早玩到晚，盡情玩個夠。

3

我從櫸樹購物中心穿過通學路，沿著能看見海的道路花費時間緩緩前進，再次回到了櫸樹購物中心附近。

就算三個大男人在寒假時隨處漫步，一般來說也不會受到注目。

但如果是容易引人注目的龍園再加上身為參謀的葛城，還有與他們性質不同的我這種組合，多少會背負著引人注目的風險。

儘管如此，龍園還是沒有選擇室內設施或電話等匿名性較高的手段。

如果考慮到這是與特別考試相關的內容，這樣實在有些不安全。

對龍園的評價會因為認為他這樣是粗心，或是解釋成刻意為之的行動，產生很大的變化吧。

「可以當作討論結束了嗎？再繼續談下去也不會有交集吧。」

正好就在能看見會合地點時，先一步停下腳步的葛城如此確認。

我們無法澈底猜透特別考試的次數和內容，葛城也不會允許龍園希望與坂柳對戰的想法。

就算繼續這樣消磨時間，也無法度過有意義的時光。

「是啊，或許吧。既然這樣，可以解散啦。」

龍園沒有回頭，他輕輕舉起左手如此說道。

「綾小路，結果還是會給你添麻煩啊。如果有什麼傷腦筋的事情，就來找我商量吧。若是關於班級勝負以外的事，我應該也有能幫上忙的時候吧。」

我心懷感激地點頭回應葛城這番與外表相反的貼心話後，葛城就那樣背對著我先離開了。

好啦，我也差不多該回去了。

「我接下來要順路去櫸樹購物中心一趟，你要怎麼做？如果希望跟我手牽手約會，我也可以考慮一下喔？」

龍園咧嘴一笑，輕輕張開自己的左手，表演出歡迎的氛圍。如果有葛城同行也就算了，和龍園兩人一起逛街，根本引人注目到極點吧。

最重要的是現在這個時間，惠和佐藤在購物中心裡的機率相當高。

「那我先告辭了。」

我可不想和龍園手牽手到櫸樹購物中心約會，還是直接回家吧。

龍園也沒有要阻止我的樣子，因此我順勢邁出步伐。

「跟你的勝負就等升上三年級再說，可別忘了這件事啊。」

逐步邁向櫸樹購物中心的龍園在最後拋出這麼一番話。

我絕對沒有忘記過，但是否會實現就是另一回事了。

話說回來……只是稍微走了一下，卻莫名地疲憊啊。

感覺比在健身房揮灑汗水一小時還要疲憊，應該不是我的錯覺吧。

在已經看不見葛城和龍園的身影時，我邁出步伐。

接下來回到宿舍，按照原本的計畫閉關一天吧。

不過在那之前，應該先清算一下在意的事情。

走了大約幾十秒後，我跟靠近的氣息一同停下腳步。

正好來到沿著櫸樹購物中心外牆設置的自動販賣機前。

我注視著陳列在販賣機裡的商品，在第三者眼中，我的樣子看起來只像是在考慮要不要買飲料吧。

接著將視線看向應該是工作人員在開店的同時搬出來的觀葉植物與自動販賣機之間。

「妳在那種地方做什麼？」

「咦！」

我向潛藏在死角，也就是陰影處的山村搭話。

「妳大概從十分鐘前就一直尾隨我對吧？妳剛才好像也是躲在種在對面那條道路上的樹木後面嘛。」

那條林蔭大道種植了好幾棵樹幹粗壯的樹木，因此很容易躲藏。

她沒有讓不斷移動的龍園等人發現自己的氣息，就這樣一路跟過來，實在很了不起。

「不、不是，沒那回事……」

山村彷彿要蒙混過去般，她原本想這麼回答，但不知是否因為我答出了準確的位置，好像很快就放棄掙扎了。

「為什麼……你、你會知道呢？」

「為什麼？」

哪有什麼為什麼──原本如此心想，如果是以前的我，根本不會把山村的存在放在心上吧。一方面也因為在教育旅行度過相同的時光，她已經在我的認知當中了。

倘若要比喻，例如有一張圖像乍看之下是A形狀和構圖，但知道換個視點看起來就是B形狀和構圖，之後大腦就會把那張圖像認識成B，而不是A了。或許很接近這種情況。

她原本只是其他班的女學生A，但現在變成了山村美紀，就只是這樣罷了。雖然知道她在尾隨我們，還有被她聽見了一部分的對話，但我並沒有阻止。

山村是A班的學生，也是坂柳的同伴。

如果她是在進行間諜活動，我告訴龍園他們這件事，就變成我偏袒他們。

要偏袒誰當然是我的自由，但不認為現在那麼做是上策。

「妳大可放心，龍園和葛城沒有注意到妳的徵兆。」

「真的嗎？感覺龍園同學的行動好像也包含引誘我出來這個目的……」

山村這個直覺應該能說是猜中了吧。龍園沒有停留在一個地方，而是故意在引人注目的地點繞圈子。那大概也包含了等待獵物落入圈套的目的吧。

感覺山村不是碰巧受那種誘惑吸引過來的呢。

「既然如此，那妳就更不用問我了，妳應該很清楚是否有穿幫吧？」

山村的內心確信自己的行動沒有穿幫。否則被我發現的時候，她不會露出那種出乎意料之外的表情。

「妳好像不是只有這兩天在尾隨我呢。」

山村沒有承認，但她陷入沉默就是答案了吧。

擅長尾隨的山村在遭到嚴密提防的狀況下，也漂亮地達成了任務。

另一方面，判斷無法把對方引誘出來的龍園只能選擇放棄了吧。

畢竟跟我分開後，龍園也沒有要追過來的樣子嘛。

也因此才能放心地向山村搭話。

「老實說我有點猶豫是否向妳搭話，但我想說我們教育旅行時曾經同一組，至少先打聲招呼也好。」

對於察覺到山村存在的我來說，不向她搭話等於是在無視她。

在沒什麼人的這個地方遇到認識的人卻視若無睹，感覺也很奇怪嘛。

實際上以山村的立場來說，她原本應該判斷我沒有發現，也希望我無視她吧。

「你不問我……尾隨的理由嗎？」

他們已經確定會在學年末考試對上，龍園又很想跟坂柳戰鬥。以坂柳的立場來說，應該想先逐一掌握他的行動和目的吧，再說先收集好情報也不會有損失。

「根本用不著問。」

「這樣啊。」

「還有，之後我也不打算向龍園報告妳的事情，大可放心。」

我想光只有那兩人沒有發現這番話，她應該無法安心，因此這麼補充。

「可是——綾小路同學你看起來跟他們很熟的樣子。至少沒有把他們當成敵人吧。這點反過來看，不就表示你是龍園同學的同伴嗎？」

山村如此詢問的聲音摻雜著懷疑。

「不巧的是我並非龍園的同伴。話雖如此，我也不是A班的同伴就是了。總之不打算把在這裡見到妳的事情洩漏給其他人知道。這點妳可以相信我。」

「……真的嗎？」

為了消除她的不安，我原本打算點頭肯定，但聽到隱約傳來的腳步聲，便暫停脖子的動作。

隨後有人緩慢地重複了幾次冰冷的拍手。

「綾小路，你真有一套啊。真虧你能找到那隻老鼠。」

山村的視線已經沒有在看我這邊，而是轉向龍園身上。

照理說氣息已經與身影一同消失的龍園居然挑在這個時候……原來是這麼回事嗎？

「八成是坂柳那傢伙拜託妳來收集我的情報吧？」

「不是那樣的……」

雖然山村否認，但她似乎完全不擅長演戲，根本沒有掩飾過去。

「咯咯，為了保險起見決定追上綾小路是正確的啊。即使是對氣息很敏感的你，沒有人追趕上來就會大意，沒錯吧？」

他說得沒錯。要是露骨地尾隨，我有自信能察覺到龍園或其他人的氣息，但龍園似乎也把這點算進去了。

我從解散地點能選擇的回程路線只有兩條，一條是直接前往櫸樹購物中心，一條是通往學校和宿舍的道路。龍園實際消失在櫸樹購物中心裡了。然後假如他隔了一段時間，維持就算跟蹤也不會被發現的距離快步追趕上來，可以自然追上我的可能性很高吧。無論我多敏感地提高警覺，如果沒有人在尾隨我，也沒辦法防止追蹤。

龍園會做出避免我去櫸樹購物中心的發言，也是為了鎖定路線。

而且——

看到從前方回來的葛城，我對山村更加感到過意不去了。

「沒想到山村跟坂柳居然有交集呢。」

察覺到應該是在偵察的山村，葛城似乎大吃一驚。

原來他假裝要回家，其實是用來暴露出在周圍打探的人嗎？

「抱歉啊，綾小路。我只是幾分鐘前接到龍園的聯絡，才折返回來而已。」

龍園是心想反正都要追蹤，把葛城也捲進來可以提高機率，才這麼做的吧。

為了不讓我察覺到不自然，甚至也對同伴保密嗎？

「這女人與坂柳有關係，讓你很意外嗎？」

「是啊。至少我還在A班的時候，她看來跟坂柳沒有很親密的樣子。我想她應該不過是眾多偵察部隊的其中一人罷了。」

那是曾經是自己人的葛城才知道的部分嗎？

山村很明顯比剛才還要為難。

「特地用了這麼麻煩的手段，也只釣到一隻小魚嗎？我原本預估是橋本在行動的啊……還是說因為她深受坂柳信賴，才會託付這個任務？」

龍園深深懷疑的銳利眼神射穿山村。

因為她沒想到會陷入這種遭到包圍的狀況，表情依舊無法掩飾不安。

這樣反倒不至於被龍園領悟到他那個問題的答案。

「話說回來，綾小路，你的洞察力還真是了不起啊。但你今天的任務結束了。」

龍園表示他已對我不感興趣，目標只有畏懼不已的山村。

「要是坂柳以為這樣偷偷摸摸地探聽情報就能打敗我，那她也沒什麼大不了的啊。」

就算我這次沒發現山村，然後她能夠反覆收集情報，是否能提供有益的情報給坂柳，就是另一回事了。

如果有不想被任何人察覺的接觸，那當然不會在戶外進行。

聚集了不會背叛的同伴的房間、ＫＴＶ的包廂，或者如果是同性，就約在廁所見。依照用途選擇不同的地點，在私下進行接觸是很容易的吧。

但以坂柳的立場來說，也有無可奈何的部分。

情報是必要的資訊，龍園應該也一樣在調查關於A班的事情。

不過與也能親自出馬收集情報的龍園不同，坂柳在這一點上有困難。

因為她不利用山村、神室或橋本這些學生，就無法收集到情報。

「被人打探自己周遭的事情，感覺不怎麼舒服啊。」

「你有資格說這種話嗎？你也一樣派人在監視坂柳吧。」

看來似乎不是只有坂柳那邊單方面在監視。

是為了學年末考試做準備嗎？看來他們正處於互相監視對方的狀態。

「那要採用其他方法嗎？葛城，如果你有什麼妙計，我也可以聽你說喔。」

雖然龍園暗示葛城對坂柳設下圈套，但葛城表示否定。

「我不打算有太大的動作。現在唯一能採取的措施就是先監視坂柳的行動。」

終歸是互相保持一段距離的大眼瞪小眼。

葛城似乎認為這就是最好的辦法。

「別忘了我們終究是要在特別考試中一決勝負，而不是在場外比輸贏。」

「真是夠了。你的腦袋真古板耶。」

龍園與葛城的基本方針近乎正好相反。但是龍園看起來很高興地接納葛城那樣的言行，並露出笑容。

「接下來就請妳稍微陪我們聊一下吧。」

「算了吧。」

「啊？你說算了？好不容易抓到人耶。不用各種方式料理一下，就太浪費了吧。」

「你打算威脅她嗎？光是能掌握到山村的存在，這次就應該滿足了。勸妳最好先回家吧。」

如此說道的葛城揮手暗示山村立刻離開這裡。

「失、失陪了……」

山村應該很想逃離這讓人如坐針氈的場面吧，她匆忙地準備離開。

「等等啊。」

「唔！」

但龍園叫住山村，不允許她就這樣離開，於是山村彷彿被蛇瞪視的青蛙般僵住了。

「我們發現妳在尾隨這件事，我會替妳保密。」

「為什麼……？」

「因為妳很可憐啊。要是告訴坂柳妳被我們發現了，會有什麼下場應該不用我說吧。」

「這……」

「妳沒有被我們發現，對吧？只要不報告這件事，妳就不會變得毫無價值。哎，不過要不要相信我這番說詞，就看妳自己了。」

龍園彷彿要在絕境之中垂下救命繩索般如此主張。

「假如妳沒辦法忍著不說，就這麼告訴坂柳吧。要是想要我的情報，不論何時都行，一個人來我房間拜訪吧。前提是如果妳跟那女人有那種勇氣。」

山村微微點頭之後，靜悄悄地離開了現場。

是打算經由櫸樹購物中心回家嗎？只見她朝那邊前進。

在山村離開得夠遠時，葛城逼近到龍園身旁。

「龍園——你這傢伙。」

「怎樣啦。」

「你那種興趣不值得稱讚啊。」

「啊？」

「我不會叫你別對異性感興趣。但坂柳還是個孩子，你不能對她下手。」

才心想葛城一臉認真地是要說什麼，只見他對龍園發出不得了的警告。

是關於剛才那句「來我房間拜訪」的解釋。

那番話是龍園的玩笑話，然而葛城並不明白這點吧。

「這所學校還有很多女生，你可千萬別衝動啊。」

「你在講什麼蠢話啊。以為我會對那種囂張的小鬼感到興奮嗎？那當然只是在挑釁而已。」

「唔？不，可是你剛才說了要她一個人到你房間拜訪。就是那種意思對吧？」

龍園無奈地搖了搖頭，向葛城吐出最根本的論點。

「雖然我對坂柳完全不感興趣，但她姑且也跟我們同年紀吧。」

葛城主張可以對同年紀的女生下手，卻叫龍園別碰坂柳的矛盾。

沒有察覺到這個矛盾的葛城被指出這點後，大腦暫時當機了。

然後他總算明白龍園那番發言的含意，動了起來。

「……的確。哎，但她那個尺寸看起來只像是學妹啊。個頭甚至比我妹妹還嬌小，所以我總覺得——」

儘管把坂柳當成強敵看待，葛城也是為人兄長。只要想到好一陣子沒能見到面的妹妹，就無法允許坂柳被當成性幻想對象的正義感讓他貿然下定論了吧。

唯一可以確定的是倘若坂柳聽到這兩人的發言，肯定會生氣吧。

他們很明顯把坂柳當成小孩子（雖然僅限於外表）看待。

「女人最好是挑什麼都很普通的啦。太妖豔太樸素，還有太大太小都不是我的菜啦。」

即使不是很想知道，這表示龍園喜歡的類型是極為普通的女性嗎？

與其說是他任性的希望，不如說聽起來像是經驗過各種酸甜才做出這樣的結論。

不曉得他現在的高中生活怎樣，他國中時代應該玩了不少女人吧。

「你沒有墮落到無藥可救的地步，讓我鬆了口氣。」

另一方面，葛城似乎是在完全無關的部分鬆了一口氣。

「然後？綾小路，你找我還有什麼事嗎？」

「你為了自己方便利用我在先，還這樣跟我說話，太過分了吧。」

「這要怪被利用的人不好啦。要恨就恨你那種野生的直覺吧。」

的確，就算記恨被他擺了一道的事情，也不能怎麼樣。

只不過令人難受的是，感覺這沒辦法活用在今後的教訓上啊。

刻意不緊貼在後的尾隨。

即使他又對我採取同樣的手法，要防止也很困難。

明明沒感受到氣息卻要警戒，那只能限制自己的行動。

話雖如此，若是每次都要考慮到可能遭尾隨，更覺得心累啊。

一直留在這裡也不是辦法。

而且我還有話想跟山村說，現在說不定還能追上她。

「你不是要回去了嗎？」

我一朝櫸樹購物中心那邊邁出步伐，龍園如此搭話了。

「如果是購物中心內，就有無數的路線。畢竟今天可不想再被你追著跑了。」

我表示只要有好幾條退路就能避開他，於是龍園不屑地發出哼笑。

4

好啦，雖然進入櫸樹購物中心，但山村怎麼樣了呢？

她也有可能已經從別的出口回到宿舍……

我站在山村的立場，試著思考如果自己是山村，這時會怎麼做。

她一定很苦惱是否要向坂柳報告尾隨遭到發現的失態吧。

當精神層面陷入不穩定的狀態時，人總會尋求可以安息的場所。

如果扣除直接回宿舍這個選項，並以留在櫸樹購物中心為前提，那個安息場所會是哪裡呢？

山村討厭人群，是不喜歡與別人接觸的性格。

可以立刻排除大馬路和店內這些選項。

KTV的包廂能一個人獨處，但要獨自前往的門檻實在有點高。

儘管單間廁所也是可能性比較高的候選地點，我認為山村會考慮到那樣其他人就無法使用，造成其他人麻煩。

既然如此——

她剛才是待在戶外的自動販賣機與裝飾用的植物之間呢。

在休息區附近靠裡面的地方，設置著好幾台自動販賣機。

如果是那一帶，應該就不引人注目，也沒什麼人。

是挑對了時間嗎？休息區附近沒看見人影。

而且更裡面的自動販賣機當然也沒有其他人在。

我逐步靠近，悄悄地試著窺探形成死角的自動販賣機側面。

「咦！」

發現坐在自動販賣機的旁邊，雙手拿著迷你瓶裝綠茶的山村。

她因為太過驚訝弄掉了手上的綠茶，但幸好有蓋著瓶蓋，所以沒問題。

「妳居然真的在這裡。」

雖然我鎖定了地點，然而沒有確切的保證……

我撿起滾到這邊來的保特瓶，遞給山村。

「你你你、你怎麼會知道這裡……」

她慌張地摸索起自己的口袋。

「呃，我可沒有在妳身上裝ＧＰＳ喔？」

「可、可是除了那樣沒有其他——該、該不會你是偵測我手機的位置……？」

「沒有，我沒那麼做。」

即使是天馬行空的妄想，這表示她吃驚到忍不住那麼想了吧。

山村站起來後，從自動販賣機那邊稍微探出身體，窺探周圍的情況。

「龍園他們不在喔。」

「是、是嗎……那、那個，你找我還有什麼事情嗎？」

「剛才那件事我還沒跟妳道歉。抱歉啊，山村。要是我沒向妳搭話，妳就不會被發現了。」

那麼一來，她也沒必要像這樣躲在自動販賣機之間苦惱。

「被綾小路同學發現是我的失誤……所以請你別放在心上。」

她表面上並沒有責怪我，而是如此幫我打圓場。

「妳向坂柳報告自己被發現的事情了嗎？」

「嗯，對。我告訴她了。今後應該沒有我上場的機會了。」

出乎意料的是她很乾脆地如此回答。

雖然她剛才看起來也像是聽到龍園誘人的低語，而有些猶豫的樣子……

總之既然她已經提出報告，就沒必要針對這點多說什麼吧。

我個人還必須對山村做一件事才行。

「我會找機會補償妳的。」

「……咦？」

教育旅行時因為是同組的關係，就算山村和鬼頭有監視、跟蹤龍園的行為，也沒什麼好驚訝的。因為坂柳簡單地命令他們先進行監視的機率很高。縱然不是那樣，既然身為同一組，即使沒有坂柳的指示，也理所當然會緊盯龍園。

山村也經常在留意一之瀨班的一舉一動。

但這次跟那種情況完全不同。葛城表現出來的驚訝。

坂柳十分重用山村，說不定把她當成密探在運用的事實。龍園對坂柳班的戰力解析又前進了一步。

今後龍園肯定會對山村加倍提防吧。

倘若我沒有察覺到她的存在，輕率地向她搭話，龍園與葛城很有可能無法捕捉到山村，用不著重複責任應該歸咎於誰吧。

「你不用補償什麼的。因為這跟不同班的綾小路同學沒有關係。」

山村這麼說也沒錯，不過我也有自己的想法。

因為那不是可以在目前這個階段向他人說明的內容，所以我思考其他理由。

「純粹是我覺得不舒服。畢竟不管怎麼想，都只有妳吃虧嘛。」

「但是……應該說本來就是跟蹤別人的人不好嗎？」

看來山村似乎對這一點感到內疚。

或許就是因為這樣，她對我也沒有要發洩任何牢騷怨言的樣子。

「你真的可以不用放在心上啦。」

看來要在這時讓山村做出好的反應很困難。反倒該說我待太久也只會讓她感到困惑。

「我知道了。那假如妳碰到問題，我隨時都可以陪妳商量。雖然不曉得是否能幫上忙，但妳儘管跟我說。」

只要這麼說，山村應該也能自然地接受才對。

因為與是否有碰到問題無關，要不要聯絡我全看山村的意思。

「如果是那樣，好的，我知道了。」

接受提議的山村點了點頭。

「那我先告辭了。」

「……辛苦了。」

她應該打算在這裡逗留一陣子吧，沒有要離開自動販賣機前的樣子。

我跟山村道別，準備離開現場，但——

轉過頭時發現惠與佐藤正朝這邊走過來。

反射性地躲藏起來的我，背對著山村躲藏在自動販賣機的陰影處。

「綾、綾小路同學……？」

雖然對一臉困惑的山村感到過意不去，我將食指伸向嘴邊，示意她保持安靜。

她似乎理解了我的意圖，很快地沉默下來。

「欸欸，接下來要去哪裡呀？」

「我想想～」

只聽到兩人似乎很快樂的對話聲傳遞過來，而且逐漸靠近。

只是稍微瞥一眼，應該不會確認到我的存在吧。

不過那僅限於她們沒有要利用自動販賣機的情況。

不管我怎麼努力躲藏在自動販賣機旁，要是她們來到正面，就會看得一清二楚。

「欸，要不要休息一下？要喝飲料嗎？」

看來佐藤提出了感覺會變成最糟糕發展的提議。

「嗯～」

惠發出猶豫不決的聲音。

假如等一下被她們發現，我躲起來的行為會適得其反吧。

與異性在狹窄的自動販賣機之間緊靠在一起。

這樣我要辯解沒做任何虧心事，實在有些牽強。

「說得也是，那就稍微休息一下好了。」

「那樣比較好喔。畢竟妳病剛好嘛。」

我有一瞬間做好了覺悟，但看來她們似乎不打算利用自動販賣機。

她們好像只打算在休息處的長椅上歇一會兒。

不過，這樣問題還是沒有解決。

出口只有一個，只要惠與佐藤還坐在長椅上，我就沒辦法回去。

「謝謝，讓妳擔心了，真的很對不起喔。」

「不會，沒什麼大不了的啦。應該說感冒時互相幫忙是理所當然的嗎……」

「嗯，如果小麻耶病倒了，就換我照顧妳。」

「謝謝妳，我好高興。」

「總覺得小麻耶一直在支持著我。」

「是、是嗎？」

「妳記得我們還沒有像現在這麼要好的時候，妳曾經因為清隆的事情來逼問我嗎？妳想想，就是剛升上二年級那時。」

「輕井澤同學是從什麼時候開始喜歡上綾小路同學的？別顧左右而言他，回答我啊……記得好像是講了類似這樣的話。」

回想之後似乎覺得有些難為情，臉紅的佐藤用手對臉搧風。

「沒錯沒錯。應該說妳一針見血地戳中核心嗎？還是感覺像在說『不會讓妳逃掉』呢……」

儘管兩人是用普通的音量在交談，還是很清楚地迴盪到安靜的這邊。

山村一言不發地仰望著我。

對於她應該也不怎麼想聽的這個話題，我包含謝罪的意義在內，輕輕地舉起單手。

如果不想聽，沒有必要勉強自己聽。

就算有一點麻煩，只要用雙手摀住耳朵，就不會再聽見了吧。

不過出乎意料的是山村看起來有些開心。

她像是想說「無所謂」一樣，默默地傾聽兩人的對話。

山村平日應該是在坂柳的命令下，負責收集某人的情報。

倘若是這樣，側耳傾聽別人的對話是家常便飯吧。

如果只是一、兩次的間諜活動，或許無論是誰都能在偵探遊戲中找出樂趣，但偷聽別人不想讓人知道的事，也會使不少人很快地產生罪惡感。

原本以為山村有時也會對自己這種任務感到厭煩，看來似乎並非如此。

配上她充滿自信的天賦能力，也就是存在感薄弱這點，看來非常得心應手。

兩人深聊一陣子後，休息終於要劃上句點。

「我們差不多該走了。」

「妳沒事了嗎？」

「嗯。畢竟好久沒出門了，不儘量玩個夠就吃虧了吧？」

「也是呢。不過，妳要好好地跟綾小路同學和好喔？」

「唔、嗯。我會加油……！」

兩人逐漸遠離現場，最後能聽見的就是這樣的對話。

這種時候兩人可能會因為意料之外的事情突然回來，或是轉頭看向這邊，因此應該暫時繼續留在這裡，我本來想這麼指示山村，但在採取行動前，山村先悄悄地伸手阻止我衝出去。

應該差不多了吧。就在我如此心想時，山村也幾乎跟我同一時刻有所行動。

「我想她們應該走了。」

「是啊。」

首先由山村從自動販賣機旁探出身體確認周圍，她確定走出來也沒問題之後，朝這邊輕輕地發出暗號。

「妳的動作真俐落啊。」

「……是這樣嗎？因為我習以為常了……」

山村小聲地咳了兩聲清喉嚨後，說出令人意外的話。

「你會好好地跟輕井澤同學和好嗎？」

「妳為什麼要講這種像是佐藤說的話啊。」

「因為我莫名有點在意。她是你的女朋友對吧？雖然我之前並不曉得你們吵架了。」

「即使是收集情報的專家，也會有不知道的事情啊。」

「你在揶揄我嗎？」

「妳才是吧。」

我如此回嘴，於是山村有一點吃驚，然後稍微揚起嘴角。

「感覺有點奇怪，綾小路同學真是個不可思議的人呢。」

「經常有人這麼說。」

「那是說真的嗎？還是在開玩笑呢？」

「天曉得。」

雖然還是有些客氣的樣子，山村冷靜說話的語調很容易聽清楚，不會令人感到不快。是因為她感覺總是很低調的部分，讓我把她跟自己重疊了嗎？

「話說回來……你還沒回答我剛才的問題呢。」

「妳沒忘記啊。」

「我記得一清二楚。」

她出乎意料地也有非常積極的一面，或者是對我卸下了一道心防呢？山村如此詢問我。

「我會好好地跟她和好，也安排了那樣的計畫。」

「那就好。」

明明是與自己無關的話題，而且她跟輕井澤應該也沒有交集，她看來卻有些開心的樣子。

「這件事可以不用跟坂柳報告喔。」

「我無法保證。」

「真嚴格啊。」

山村喘口氣後拿出手機，看著一片漆黑的螢幕。

她猶豫了一會兒後面向這邊。

「關於剛才跟龍園同學那件事……其實我還沒有告訴坂柳同學。」

「妳說被發現的事情嗎？」

「是的……我撒了謊，對不起。因為希望你快點回去……」

「原來如此啊。」

「我很清楚必須向坂柳同學報告才行。但是……我大概是害怕被切割吧。這是沒有其他優點的我唯一擅長的事情。要是她知道我連這件事都辦不到……畢竟我在班上也毫無用處。」

這應該不是學力或身體能力怎麼樣的問題吧。

山村的自我肯定感非常低，看不見周遭的狀況。

「我不介意妳怪罪在我身上，但不是這個問題對吧？」

無論是山村的責任或是我的責任，坂柳都會判斷已經穿幫這個事實比較重要吧。山村今後作為密探的功能變弱這點依舊不變。

「難道不能一直瞞著她嗎……」

「妳相信龍園說的話嗎？」

「現在的我要生存下來，就只有依靠他這個方法了……」

「我明白妳的心情，但妳應該老實地向坂柳報告。」

「可是──在遭揭發之前，我能夠維持現況。或者龍園同學說不定真的會保密。或是龍園同學被坂柳同學設計退學，這件事就不了了之……也說不定。」

延後坦承失敗這件事，毫無根據地妄想可以得救的選項。

「那是最糟糕的選擇啊。龍園只是趁虛而入，一旦有必要，他一定會把這件事公諸於世。即使可以讓他退學，也可能在臨走前爆料。」

以龍園的立場來說，發現山村這個事實並沒有多少收穫。但只要山村沒有向坂柳報告自己被發現一事，他就能利用這點擬定戰略。

那可不是免職就能了事的狀況。

「妳別輕易讓他利用了。」

「可是……」

「希望妳可以明白我是不希望妳退學，所以才會給妳這樣的建議。」

「為、為什麼？你跟我沒有任何關係不是嗎？」

「我們是教育旅行時曾經一組的同伴。這樣的關係還不夠充分嗎？」

「……我……」

山村用力握緊雙手，將雙手湊近到可以碰觸自己雙眼的距離。

然後她瞠大眼睛，拿出手機輸入訊息。

『龍園同學與葛城同學發現我在尾隨他們了。會在電話中說明詳情。』

她讓我看她這麼輸入的句子後，傳送訊息給坂柳。

「要是猶豫不決，感覺我又會忍不住逃避。」

她似乎選擇趁現在報告，來阻斷自己的退路。

「那、那個，我差不多該……我先失陪了……！」

是忽然對自己的狀況產生突兀感嗎？山村急忙地如此說道，結束話題。

明明沒那個必要，但山村特地深深一鞠躬後，委婉地邁出步伐。

「她比我想像中更容易交談呢。」

這就是道別之後我對山村抱持的感想。

雖然我也對本人說過，我坦率地覺得不希望她退學。

坂柳應該也不會處罰有好好報告的山村，為了保險起見，看來今後也觀察一下比較好啊。

「唔喔……對了。得先聯絡一下堀北才行啊。」

因為講電話很麻煩，所以整理好重點傳訊息給她是最好的做法吧。

還有惠與佐藤正在櫸樹購物中心裡玩樂。為了避免撞見她們，我判斷今天還是先離開為妙，決定離開購物中心。

5

這天傍晚我收到網購買的商品，進行了開箱儀式。

是用三千圓左右買到的優格機。

翻閱薄薄的說明書，實際觸摸機器，同時精通使用方法。

然後做完該做的事情，買了必要的東西——也就是牛奶和優格回家。

「好——開始吧。」

即使我沒有深思過，製作優格的手續非常單純。

首先從一公升的盒裝牛奶倒出一百毫升。倒出來的牛奶可以喝掉，也可以用來料理。我這次決定直接喝掉。

像這樣空出牛奶盒的容量後，再倒一百公克的優格進去。

這樣一來牛奶盒裡面就是牛奶與優格九比一的比例，接著只要把這個裝在優格機裡就行了。設定的時間是九小時，只要等待時間經過，牛奶盒裡面就會全部變成優格。

可能會有人說那就直接買優格啊，但優格機要在第二次使用後，還有變成長期戰才會彰顯出它真正的價值。

等到明天早上就有一千公克的優格可以吃，不過重點在於留下一百公克的優格。

然後只要買新的牛奶回來加進去攪拌，似乎就能接菌繁殖。

乳酸菌的力量真是可怕。

即便在知識上知道，但像這樣實際動手製作，才能夠切身感受到。

我才剛按下開關，好像沒什麼立場這樣長篇大論。

雖然剛才說了優點的部分，但要是能永久地重複這些行為，就不會那麼辛苦了。

儘管乳酸菌可以讓牛奶發酵變成優格，依舊無法避免乳酸菌的功效會隨著時間經過逐漸變弱的現象。

因為凝固力會越來越弱，為了迴避這點，就得用更長的時間讓它發酵，但這麼做的結果會讓菌種的效力更快耗盡。

既然要接菌繁殖，我也打算多留意衛生方面的問題，然而像是飄散在空氣中的雜菌，無論如何都會有避免不了的部分，這也會成為乳酸菌的功效變弱的原因。

結果要說接菌繁殖划算，也應該控制在三次左右，最多也該四次就結束。

這部分就靠自己親手製作體驗，慢慢掌握感覺吧。

享受這個過程也是自製優格的樂趣。

我設置定時器的時間是晚上九點。

也就是說優格會在早上六點完成。

「好啦。」

我拿起在床上充電中的手機。

因為心想差不多該跟惠聯絡了，但……

正當我準備從通話紀錄聯絡惠的時候，有一通電話打來了。

有一瞬間以為是感到不耐煩的惠打來的，似乎並非如此。

「喂？」

『啊——晚、晚安。』

「佐藤居然會打電話給我，真稀奇啊。」

我回想去年體育祭後的事情，我們挺早之前就交換了聯絡方式。

『我說啊。有一件事無論如何都想跟你確認。』

「什麼事？」

『……你跟惠的事情。』

我也不是不懂她站在摯友的立場會感到擔心。

恐怕她並沒有告訴惠，而是有試探我抱持著什麼感情的目的吧。

「惠的事情？這話什麼意思？」

我刻意沒有老實地回答，試著先投出一球牽制。

『你們最近……吵架了對吧？』

「妳這麼聽說了嗎？」

『嗯，哎。該怎麼說呢，也是有因為話題發展察覺到啦。』

或許是覺得很難露骨地回答惠有找她商量，她主張是在跟惠聊天的時候，察覺到有不自然的部分。

『畢竟就快要年底了……你們會好好地和好吧？』

與其說她懷疑我們是否會見面，不如說她很在意我們見面之後會有什麼結果。

這是她感受到危險的氛圍，擔心惠才做出的行動吧。

雖然沒有考慮到這通電話給對方帶來的影響，但我想先稱讚她這份為摯友著想的心意。

「我接下來正準備聯絡惠，談談關於約定的事情。」

『這、這樣啊。這表示——你們會和好對吧？』

「我當然是那麼打算的，只要惠沒有因為有其他安排而拒絕我。」

即使有事先約定，也完全沒有再次確認。

我當然不能只顧著自己方便，硬要跟她見面。

當然了，因為到這個時間我都沒有接到她說臨時有私事的聯絡，所以應該可以認為約定會順利履行吧。

能夠隱約聽見電話那頭有個像是倒抽一口氣，不成聲音的聲音。

『太、好了！嗯嗯，那樣是最好的！再講下去就礙事了，那我掛電話嘍！』

佐藤判斷再繼續通話也是講廢話，只會讓惠感到焦慮而已，準備掛斷電話。

「先等一下，我有些話想先告訴妳。」

『什麼事什麼事？』

知道我待會兒要聯絡惠之後，佐藤的心情變得很好。

她能夠把自己的事情和感情擺其次，替別人加油，純粹是因為她的心靈很堅強。

正因如此，才能跟她說些比較深入的事情。

「我身為男友，的確是處於應該保護惠的立場。但並不是只要保護惠就好了。」

『這話什麼意思？』

「不曉得何時會在哪裡碰到什麼危機。不只是戀愛對吧？朋友之間的糾紛也會引發麻煩，還會碰到按照這所學校獨特的規則被迫退學的風險。就像妳因為我跟惠的事情感到不安一樣，人際關係不曉得會在何時、哪裡、什麼時間點崩壞。就算覺得絕對可以放心，一旦看見某些裂痕，瞬間就會轉變成不安。」

『這——』

對佐藤而言，這也是無法否認的事實吧。

看到我跟惠建立起關係，承認這段關係時，佐藤大概在同時感受到安心。

如果是綾小路應該會保護惠、會珍惜她。她應該有這種毫無根據的自信。

然而一個意料之外的事情就讓她驚慌失措，感到不安。

所以她才會像這樣自己背負著風險打電話過來。

「佐藤妳身為惠的朋友——不，身為她的摯友，必須支持她才行。當然大前提是妳認同惠是那樣的存在。」

『那是理所當然的吧！』

佐藤立刻表示她會保護惠。

「既然如此，那樣就行了。所以相對的我也可以保證相反的情況。」

『……相反的情況？』

「假如變成妳無法保護惠的狀況，就由我來保護惠。」

『我可以——相信你吧？』

「當然了。」

我的本意、本質、真心話並沒有關係。

現在先讓佐藤這麼認為，訂立看不見的契約比較好。

即使我切割惠的存在，佐藤也會犧牲奉獻地一直幫助她的機率會提升。

就算佐藤陷入退學等狀況，她也沒有方法確認那之後我是否有繼續保護惠。就算我毀約，她也沒辦法怨恨我。

不過為了維持堀北班，惠目前有個成為重要拼圖的任務。

「我今天有聽惠說她要跟妳見面。她說想跟妳道謝。」

『啊，是這樣啊。』

「謝謝妳。」

『用、用不著道謝啦。只要你們兩人能和睦相處就好了。』

「是嗎。那明天的報告妳就去問惠吧。」

『我會做好聽她放閃的覺悟。』

結束通話後，我在空虛的室內感受到心境微弱的變化。

用自己的發言操控別人。

對我而言，這是歸類在「快樂」的行動。

我的發言是真實或謊言根本無關。

就連試圖操控我的對象的發言，我都會感受到「快樂」。

就連在不知不覺間遭到欺騙這種事，反倒都想舉雙手歡迎。

認識人類、學習人類，還有被學習。

數量更多——或者規模更大、陌生的巨大對象們。

如果能操縱、掌握那樣的人類，一定會覺得更加快樂吧。

話說回來，佐藤慢慢地在進步啊。

即使是一通電話，也能清楚感受到她正在成長。

「那麼——」

雖然稍微過了約定的時間，我決定打電話給惠。

剩餘的時間

我因為與一之瀨相關的事情，和惠起了爭執。

在刻意只進行最低限度的聯絡，保持一段距離後，過了相當長一段時間。

惠因為突如其來的意外得了流感，我們無法在聖誕節見面，不知不覺間已經到了年底。來到十二月二十九日。

我們平淡地約好見面的時間，是有點偏晚的下午三點。

我在約定時間到來前無事可做，在自己房間度過了常見的假日。

像是看電視或看書，還有上網聽音樂之類的。

原本以為這段時間會很無聊，但正因為是平凡無奇的時間，才覺得充實。

然後在距離約定的時間只差二十分鐘時，我決定離開宿舍。

雖然我們約在櫸樹購物中心的入口碰面，說不定會在路上突然碰到。

儘管如此心想，但宿舍大廳和外面都沒看到惠的身影。

我在腦海中又思考了一遍。

對自己而言，所謂的交往是什麼呢？

說到底，所謂的戀愛是什麼呢？

如果用字典查交往這個詞，在字典上寫的幾個解釋當中，符合我們目前狀況的是「以戀人的身分交際往來」吧。

這十分簡單易懂，能夠按照字面理解意思。

另一方面，如果用字典查戀愛這個詞，上面寫的是「男女彼此愛慕的行為與感情」。

愛慕。感情。我是否能隨著時間經過了解戀愛這回事呢？

首先要思考的是這一點。

我在這所學校學到了許多感情。

上課、與朋友聊天、與教師對話、逛街、玩樂。

在同時得知了何謂有趣、不有趣、快樂、不快樂、好吃、不好吃，除此之外還有很多東西。

透過與惠交往，我得知了很多情侶之間會體驗、經驗的事情。

只有情侶會聊的對話、約會，還有肌膚相親的行為。

應該可以說我採取了所有會成為模範解答的行動吧。

那麼——我可以說是理解了愛慕這種感情嗎？

答案一定不是。這不算是理解了感情。

從跟惠交往之前到現在這一刻為止，我的內心沒有受到任何動搖。

這是我在每天的生活中反覆自問自答的事情。

即使不知道明確的答案，但有點頭緒。

我把惠當成學習戀愛的對象看待。也就是我會以體驗只有情侶才能做的事情為優先。在我本身產生「想跟惠那麼做」的心情前，就邁向了下一個階段，因此那種感情被我拋在後頭了。

我當然沒有後悔。因為惠讓我學到了很多東西。

只不過這種關係要持續到何時呢？應該做出決定的時刻正逐漸逼近。

惠這個人是堀北班當中背負的黑暗最為沉重的學生。

還有她雖然試圖堅強，卻同時抱有依賴體質。然後我利用那點，將她占為己有。

但就這樣讓她留下強烈的依賴體質，會無法達成目的。

在我的方針產生巨大變化的現在，讓惠脫離依賴是不可或缺的。

正因如此，才會獲得學習新事物的權利。

對於跟惠分手一事，是否會感到猶豫？

假如我覺得要放手很可惜，那說不定就能稱之為戀愛。

距離約定的時間還有將近五分鐘，惠已經在約定地點等待。她低頭看向下方，還沒有發現我的存在。

考慮到時間，她也差不多會開始在意周圍了。

她是否對抬起頭後可能看不到我的身影這件事感到恐懼呢？

或者對與我見面一事有些抗拒呢？

「妳來得真早啊。」

我在靠近的同時為了避免驚嚇到她，保持一段距離的狀態下向她搭話。

「啊——」

惠對我的聲音產生反應，抬起了頭。

接下來兩人一起彌補聖誕節那天沒能約到的會吧——她的表情看起來不是這種氛圍。應該說內心不安到了極點嗎？

至少看不出來對我感到厭惡、失望，或是喪失興趣的感情。

「好、好久、不見……」

「是啊，大概三個星期沒有像這樣兩人獨處了嗎？」

我們簡單地交談了幾句後，在近距離互相面對面。

惠跟我原本距離近到能夠自然地互相接觸，但在尷尬的氛圍中過了三星期後，我們之間宛如夾了什麼看不見又無法拉近距離的東西。

「聽說妳身體完全康復了？」

「嗯，你聽誰說的？」

「昨天晚上佐藤很擔心地打電話給我。是那時聽說的。」

「這樣啊……」

她還絲毫沒有平常那樣的感覺，彷彿把我當外人。

明明是親密關係，還共有了許多只有我們兩人才知道的祕密，但光是懷抱著不安，人類表現出來的模樣就會有這麼大的變化啊。

「總之我們先進去裡面吧。」

「嗯……」

冬天的戶外十分寒冷，我決定先帶著惠進入櫸樹購物中心裡面。

「要做什麼呢？」

「我想想，原本應該是計劃在這邊先觀賞聖誕樹對吧。」

「嗯……」

聖誕樹已經撤除，只剩下大片的空間。

下次變熱鬧是明年的萬聖節和聖誕節了。

「妳沒能看到聖誕樹真可惜呢。」

「嗯……」

從會合到開始移動後，惠的態度一直很見外，只是反覆回著：「嗯。」

要說這是理所當然也沒錯嗎？

追根究柢來說，這次會變疏遠的開端在於我。

明明有女友卻跟異性出門，惠會反彈沒什麼好奇怪的。

而且倘若客觀來看自己的狀態，我做的事情即使被當成是劈腿也沒辦法辯解。

惠終究是沒有勇氣主動打開飄散出危險香氣的那扇門吧。

「總之，因為一之瀨的事情產生誤會這件事，希望可以讓我向妳道歉。」

我站在惠面前，雙手合十並深深低下頭賠罪。

「……清隆……」

「妳會生氣並感到不安是理所當然的。說得直接一點，妳完全沒有錯。」

「沒、沒那回事……畢竟我也……說了很多難聽的話……」

「沒那回事吧。我反倒覺得妳很能忍了。」

惠沒有對我破口大罵，只是說出了她理當有權利抱怨的不滿。

「其實本來想更早向妳道歉的，結果卻拖了這麼久。」

在謝罪的同時，我拿出事先藏在口袋裡的盒子。

「這是……？」

「雖然晚了幾天，這是聖誕禮物。希望妳可以收下。」

惠緩緩地伸出手，又一度縮了回去。

這是還沒有澈底消除不安，感到畏懼的反應。

我觸摸她僵硬的手，溫柔地讓她握住盒子。

然後幫她保管拿著的外套，催促她打開盒子。

「我可以打開看看嗎？」

「當然可以。」

她在這時下定決心，用左手按住盒子底下，同時打開了上面的蓋子。

從盒子裡出現的是發亮的項鍊。

惠目不轉睛地注視著那條項鍊，大吃一驚似的抬起頭來。

「我……跟清隆說過想要這個嗎……？」

「就算沒有直接聽妳說，我也知道。畢竟好幾次看到妳用手機在搜尋這個嘛。雖然妳還看了很多其他東西，只有這個感覺最特別。」

在惠瀏覽過的貴金屬當中也有比這個更貴的東西，然而我們還是學生，而且惠十分了解我，很難想像她會奢望過於昂貴的東西。

首先應該可以確定她想要的是這個沒錯吧……

「…………」

只見惠手拿著項鍊僵在原地。

「該不會我搞錯了？」

如果是那樣，就變成我擅作主張的失敗了。

不過惠握緊那條項鍊，拚命地左右搖了搖頭表示否定。

「沒有，你沒搞錯……！」

「這樣啊。那真是太好了。」

「這應該不是作夢……對吧？」

開心不已的惠毫不在乎旁邊說不定有人，當場哭了起來。

可以判斷她對我的依賴在現在這個時刻澈底到達頂點。

即使強迫她做不可言喻的行動，也能讓她付諸實行吧。

但我不會在這時讓關係結束。

因為就算在這個瞬間跟惠分開，也無法從根本解決問題。

「清隆？」

惠一臉不可思議地用濕潤的眼眸仰望在想事情的我。

「妳今天會來我房間過夜對吧？」

惠露出滿面的笑容，勾住我的手臂。

「我、我本來還以為，可能已經不行了……！」

「妳願意收下嗎？」

「那是當然的吧……！」

惠就那樣手拿著項鍊，只見淚水在她眼眶裡打轉，接著化為淚珠潸然落下。

「我真的可以當作，我們已經和好如初了……沒錯吧？」

「對，和好如初了。」

「我真的、真的可以這麼相信吧？」

「妳可以相信。」

我將這麼反覆確認的惠擁入懷中，告訴她不變的答案。

「太好了，太好啦～！」

「雖然聖誕節沒能一起慶祝，但妳的生日我們一定要一起過。」

「嗯，嗯！」

惠的生日是三月八日。

照理說應該還在舉行學年末考試前。

到那時為止不會有任何改變。

就跟以往一樣，我會陪在她身旁，如果她碰到困難我會從旁支持、守護她。

因為那就是被寄生的宿主的命運。

惠戴上項鍊，然後有一點難為情似的勾住我的手臂。

「好久沒這樣了……對吧？」

「是那樣沒錯啊。要去哪裡？」

「哪裡都行，只要跟清隆在一起，去哪裡都行。」

我沒有更多的期望了——惠這麼回答，將身體貼得更緊。

「從今天開始，我可以再去清隆的房間嗎？」

「要找拒絕的理由比較困難。」

「洗澡呢？可以一起洗嗎？」

「當然了。」

「欸嘿嘿嘿嘿。」

惠很開心地露出笑容後，眼淚似乎又洋溢出來，她用指尖擦拭眼尾。

與女友修復關係。

這是值得高興的行動。

明明如此，為何我卻無動於衷呢？

難道不應該更加歡喜、顫抖並一同感到高興嗎？

我不明白。

「能夠和好真是太好了。」

言不由衷的話語。

這番話讓惠感到高興。

但我也不會因為不明白感到悲傷。

既然不明白，只要重複到明白為止就好。

如果惠不能讓我明白，找其他人嘗試就好。

只要像這樣重複相遇與分別，有一天我也能學會何謂戀愛吧。

說不定能遇到因為遭到拋棄，痛苦得潸然淚下的自己。

慾望湧現出來。

深不見底的探求心推動著我。

這就是所謂的不知道。

這表示我還有無限大的學習餘地。

「要不要久違地去ＫＴＶ呢？」

總之我應該先和以往一樣，只專心思考如何建立與惠的關係。

為了避免一直沉默讓她再度感到不安，我如此開口說道。

「哇，清隆居然會邀我去ＫＴＶ，還真稀奇呢。」

聽她這麼一說，雖然我還滿常去ＫＴＶ的，但因為幾乎沒有主動想要唱歌的念頭，所以就像惠說的一樣，這說不定很稀奇。

「因為最近還滿常聽到電視上播放的熱門歌曲嘛。」

惠也很適合幫忙確認我的水準是否有提升到，今後跟其他學生一起去唱ＫＴＶ也不會難為情的程度。

惠表示贊成似的舉起手，用笑容回答我，因此我們兩人一起邁出步伐。

前往ＫＴＶ的途中，休息區的那些自動販賣機映入眼簾。

搞不好山村今天也坐在那些自動販賣機之間呢。

「……怎麼了嗎？」

我停下腳步一事讓惠疑惑地歪頭，然後她追著我的視線注視自動販賣機那邊。

「你口渴了？」

「不是那樣的。」

山村向坂柳報告後，得到了怎樣的回應呢？

她被免職了嗎？或者在監視與龍園無緣的其他人呢？

「啊，對了。我可以聯絡一下小麻耶嗎？」

我答應了她，為了避免邊走邊滑手機，於是讓她坐在附近的長椅上。

「要坐我旁邊嗎？」

「不了，我去看一下自動販賣機。說不定有令人好奇的新商品。」

「知道了～」

惠很開心地搖晃著身體，與佐藤開始聊天。

可以推測她應該是要報告我們順利和好的事情，還有再次向她道謝吧。

我決定趁這段時間走到裡面的自動販賣機那邊看看。

雖然覺得應該不在，但為了保險起見還是看一下。

稍微窺探自動販賣機的縫隙間……

「唔！」

想不到她……還真的在。

她與前幾天一樣坐在縫隙間，就連單手拿著保特瓶這點都一樣。跟上次不同的地方頂多地板上放著裡面裝了什麼的環保袋吧。

「又見面了啊。妳該不會平常都待在這裡吧？」

「並沒有平常都待在這裡……有時啦。」

儘管她這麼回答，之所以移開視線，是因為撒了有些尷尬的謊嗎？

「那是？」

「咦？啊，這個嗎？這是——我買來犒賞自己的手帕。」

「犒賞？」

「……請別放在心上。先別說這個，你好像跟輕井澤同學和好了呢。」

「妳聽見了嗎？」

「因為我很擅長這種事。」

雖然她的說法有些含糊，但這表示她擅長偷聽。

「我覺得你快點離開比較好。只要冷靜下來一想，就會覺得令人好奇的新商品這種說法有點不對勁。」

我和惠的對話似乎一字不漏地都被她聽得一清二楚。

就算希望她告訴我坂柳有什麼反應，那畢竟是有關於班級內情的事，她應該不會輕易地回答我吧。

反倒要是因為我開口詢問，害她更傷腦筋，就不好意思了啊。

「再見啦。」

「……是的。」

我從在旁人看來也像是在對自動販賣機說話的環境中離開了。

回到長椅這邊，惠似乎正好跟佐藤結束通話，看來提早回來是正確的。

「有什麼新東西嗎？」

「沒什麼特別的。我們走吧。」

「嗯！」

惠活力充沛地站了起來，再度走近我的身旁，勾住我的手臂。

惠的心情難以置信地恢復原狀。

不，應該說感覺她的依賴度比以前更高了。

無論吃飯或洗澡，就連睡覺時都要求跟我一起。

她扣緊十指，露骨地表現出片刻也不想放手的強烈意志。

寄生蟲會深深墜入無法靠自己逃脫的深淵。

不害怕受到吸收，踏入更深的地方。

我們就像這樣在年內建立了比以前更深厚的關係，以情侶的身分迎接新年。

說個題外話，惠原本就計劃好年初要跟朋友聚會，她看起來心情很好地哼著歌離開房間，出門去參加聚會的身影，至今仍烙印在我的眼底。

1

在假日出門到櫸樹購物中心。與朋友、戀人，或是獨自一人。

這個塞滿校園生活唯一娛樂的設施雖然可以讓我們怎麼玩都玩不膩，代價就是很容易花掉個人點數。

如果只是默默地在付了月費的健身房與宿舍之間往返，還算有效率，但事情沒那麼簡單。可能會跟某人一起吃飯、或是去ＫＴＶ、或者忍不住買了迷人的商品等等，必須不斷地跟誘惑奮戰。

正因如此，偶爾也想不花個人點數地度過假日。

雖然也有閉關在房間裡這個辦法，但希望只在有困難時才這麼做。

若是這麼想，剩餘的選項並不多。

我穿上十天沒穿的制服，離開宿舍。

準備前往寒假中的學校，目的地是圖書館。

在即將放寒假的前幾天，前往書店時有一瞬間目睹到某個人物的背影。

回想起這件事是我決定前往圖書館的契機。

不曉得她現在是否會前往圖書館就是了。

新年前三天學校是關閉的，從今天一月四日開始再度開放。

儘管還是早上十一點前這麼早的時間，前往學校的人不只有我，在社團活動揮灑汗水的學生們也一樣。

踏入校內之後，從某處傳來學生精力充沛的聲音。

我在前往圖書館的途中遇到坂上老師。

「新年快樂。」

我也不能在擦肩而過時無視老師的存在，因此一邊點頭致意，一邊這麼打招呼。

「喔，新年快樂。」

即使對沒有參加社團活動的我感到有些不對勁，坂上老師還是回應了招呼。我原本打算就這樣通過，但他從背後叫住了我。

「你最近好像也挺努力地在提升學力呢。雖然你也是，但特別是須藤同學的成長實在是非常精采。」

「實際上須藤真的相當努力喔。」

「跟他剛入學時一直反覆惹出麻煩事那時相比，成長幅度實在令人難以置信。在教職員之間也會把他的事情當成一個好話題討論。」

那是很好的事情。

須藤因為在壞的部分很引人注目，經常受到老師們的關注吧。

不過為何會挑在這個時候提起這種話題呢？

「現在已經從D班變B班了嗎？而且還來到能窺見A班的地方。」

坂上老師輕輕推了一下鏡框。

感覺他的氛圍跟我首次認知到他是龍園班的導師後有些不同。

會讓他人感到厭惡的態度比以前收斂很多。

總覺得直到在夏天進行的那場無人島考試時為止，他好像不是這個樣子……

真嶋老師與星之宮老師可能因為和茶柱老師是同期，不可思議地有很多機會與他們說話。

另一方面，我跟坂上老師則幾乎沒有交集，所以只是因為隔了很長一段期間沒見，才會覺得看起來的印象改變了嗎？

「老實說，我沒想到你們班居然會成長到這種地步喔。」

坂上老師這番稱讚應該不是客套話。

隨後坂上老師的視線在鏡片後方變銳利起來。

「是你改變了那個被稱為瑕疵品的班級嗎？」

「怎麼可能，我並沒有特別做什麼。這應該是以身為領袖的堀北為首，班上所有同學一起努力的成果吧。」

雖然比起謙虛我更著重於強烈的否定，但不確定對坂上老師有多少影響。

同年級的班導裡面，有三個人在某種程度上知道我是特殊環境出身的學生。

就算坂上老師共有了這個情報也不奇怪，縱然他不知情，但透過氛圍和切身感受理解了這件事，也很正常吧。

「像是須藤同學認真念書的態度與成果，的確不是用硬逼的就能辦到，不過……哎，算啦。姑且不論個別的實力，如果班級真的增強了實力，在不久的將來你也會必須協助才行。即使不願意也一樣。」

到時再讓我見識你的實力就行了——大概是這個意思嗎？

「你接下來要去圖書館嗎？」

「真虧您能猜到呢。」

「畢竟這個時期不是參加社團活動的學生會進入的場所有限嘛。而且我知道你是會經常到圖書館露面的學生。」

的確，真要說的話，我算是常去圖書館的人，沒想到坂上老師居然知道這件事。

我應該從未在圖書館看過坂上老師。

既然如此，應該認為他是間接知道這件事的。

「教師能夠瀏覽學生的借閱紀錄嗎？」

「瀏覽借閱紀錄？那只有圖書館員才辦得到喔。教師擅自瀏覽會侵害到隱私權。」

「那您為什麼知道我是常上圖書館的學生呢？」

「這個嗎——說不定你去圖書館就知道了。接下來有針對第三學期做準備的職員會議，我先失陪嘍。」

看來想避免直接回答的坂上老師如此說道，離開了現場。

雖然他別有含意的說法讓我很好奇，但也不能叫住在趕路的教師，因此決定按照預定前往圖書館。

打開圖書館的大門踏進裡面後，只見室內籠罩著靜寂。

原本這裡就是以保持安靜為前提的場所，不過這跟有人在的靜寂不同。

沒有任何人在的完全無聲蔓延開來。

經常坐在櫃台前的圖書館員也不見蹤影。

是有什麼雜務暫時離席嗎？

因為門沒有上鎖，所以進來應該沒問題，但感覺有些不好意思。

我也想過要不要暫時站在入口等，圖書館員應該沒多久就會回來吧。

不禁對沒有任何人在的空間微微點頭致意，然後決定到處看看有什麼書。

我目前沒有什麼想看或想借的書，抱持著一種輕鬆的態度拿起來翻翻看之後，感覺對胃口就借來看。

「新年快樂，綾小路同學。」

就在我物色著要借什麼書時，從書架對面傳來這樣的聲音。

繞過去一看，只見那名人物似乎也打算繞過來，我們彼此朝左右兩邊錯開了。有一瞬間能看到側臉。

然後對方也立刻察覺到我們互換了位置，便走回來。

「剛好相反呢。」

「是啊。」

是學園祭時稍微聊過之後，有一陣子都沒碰面的椎名日和。

她進出圖書館的頻率相當高，照理說正是一名書蟲，但有一段時期都沒看到其身影。

聽說最近恢復成以前那樣了，看來似乎沒錯。

「新年快樂，好久沒在圖書館見面了呢。」

「是啊，你別來無恙吧？」

「我是。妳呢？」

「我年底時稍微感冒了。幸好不是正在流行的流感，所以大約兩天就康復了。」

我們稍微報告了一下彼此的近況，然後話題轉移到書本上。

「機會難得，如果不會給妳添麻煩，我就借幾本妳推薦的書回家吧。」

「真的嗎？我很樂意推薦。」

雖然幫忙選別人要看的書不會有任何好處，但她答應了。

「因為我非常清楚妳選的書肯定很好看嘛。」

「那麼請務必讓我介紹。」

她不但不覺得我單方面的請求很麻煩，反倒很開心地雙手合十。

「那麼立刻進入正題，你今天想看什麼類型的書呢？」

「我想想。因為一直放假常常在發呆，就想動腦這層意義來說，看些簡單的推理小說應該不錯吧。」

「推理小說是吧。」

日和沒有表現出傷腦筋的態度。她對我招了招手，邁出步伐。

看來她似乎也紮實地網羅了這個類型的小說。

「你讀過《玻璃鑰匙》嗎？」

我們一同在圖書館裡走著，或許是馬上就看到不錯的作品，日和抽出一本書如此問道。

達許．漢密特嗎？這是被選為史上最佳百大推理小說之一的名作。

「很遺憾，我大概兩年前看過了。」

「一點都不遺憾，反倒該說不愧是綾小路同學。很值得幫你找書呢。」

如此說道的日和又推薦了幾本往年的推理小說名作。

可以窺見她的方針是先從著名的書籍開始推薦。

「話說回來……雖然與推理小說無關……你看過『克杞夕唯』這個作家寫的作品嗎？」

「克杞夕唯？不，作者的名字我也沒印象，大概沒看過吧。」

即使我算是對書本比較熟悉的人，不知道的作者當然遠比知道的作者多。

倘若是曾看過的書，至少會記得作者的名字。

「這也難怪喔。因為他是個沒沒無聞，無論以前或現在都不暢銷的作家嘛。」

日和感到有些滑稽似的笑著這麼回答。

原本以為她會推薦那個作者的書給我，但她似乎確認這點後就滿足了，沒有接著說下去，而是把話題拉回推理小說。

「你看過《雙輪馬車的祕密》嗎？是弗格斯．休姆的出道作品。」

「我沒看過呢。」

「那麼，現在也沒有其他人借閱，說不定正好呢。」

包括那本書在內，之後日和又幫我挑了大約三本書，然後我們一起移動到櫃台時，圖書館員回來了。

打完新年的招呼後，圖書館員用熟練的動作處理完借書手續。

「那麼，綾小路同學，若是可以請再來玩喔。」

「我想第三學期前應該會過來幾次，日和還會繼續留在圖書館呢。」

「就算放了這麼多天假，我也沒什麼事情可以做嘛。」

「妳不會跟朋友到櫸樹購物中心玩嗎？」

「我不太會那麼做呢。」

我驀地回想了一下，的確沒印象有看過日和在平常的校園生活中與朋友一起玩的模樣。我當然是看過她因為某些理由，跟同班同學一起行動的樣子就是了……

她的朋友該不會比我所想的還要少吧。

畢竟龍園班感覺很多學生都不是非常喜歡文藝嘛。

日和揮手目送我離開，還特地幫我關上圖書館的門。

2

然而就在我來到走廊上沒多久，日和便慌忙地從後面追了上來。

只是一小段距離，她還是稍微喘著氣。

「這個──」

日和調整好呼吸後，在我眼前秀出一個紙袋。

與情境脈絡無關，可以從形狀推測出那應該是書。

但大概不是圖書館的書吧。

日和用纖細的手指拿出書本，重新遞向這邊。

「這是我很喜歡的書，如果方便，可以請你閱讀看看嗎？」

雖然包著書套，但我有點頭緒。

「該不會是妳剛才說的那個作者的書？」

「你果然猜得出來嗎？」

和類型無關，突然插進來的無名作家的書。

以狀況來說比較容易推測。

「我想說萬一你有看過，就不能隨便送你當禮物了。」

送對方沒看過的書跟已經看過的書，對方高興的程度肯定大不相同吧。

這是她考慮到這些的發言和說法吧。

「假如只是要看，到圖書館借書就行了。不過真正喜歡的作品或欣賞的作品，還是會想要留在自己手邊。」

「所以妳才特地自掏腰包購買了嗎？」

「還有一點是……即使是圖書館，也沒有上架這本書。」

也就是說想借也沒得借啊。

雖然大概也可以請圖書館員進書，但只要看到日和的樣子，就能明白這本書應該不是大眾偏好的類型。

個人很喜歡，然而也不到想推廣的地步——她是抱持著這樣的想法嗎？

「我真的可以收下嗎？」

即使只有一本，這個類型的文庫本價格對學生而言絕對不算便宜。

「是的。其實這本書我買了三本。第一本是國中時買的，現在也擺在我的房間裡。第二本是進入這所學校就讀後立刻購買的。」

然後第三本是為了送我。

「我自認大致理解綾小路同學的興趣，因此有自信這本書能讓你看得開心。」

「讓妳費心了，不好意思啊。」

因為也不能讓她一直維持遞出的姿勢，我伸手接過那本書。

但這時稍微產生了疑問。

「妳該不會在見到我之前，都一直隨身攜帶吧？」

畢竟我當然沒有告訴日和今天會過來這裡，所以這是必然的吧。

「假如妳說一聲，我馬上就會來露面了。」

「嗯，對。但是……這是幾天前才開始帶的，沒什麼太大的問題。」

「那麼——再見。」

總覺得她好像露出了有些依依不捨的表情，是我多心了嗎？

3

我確認日和的背影回到圖書館後，為了離開學校前往玄關。

是因為正值午餐時間嗎？不時可以看到社團活動學生的身影。

就在我抵達玄關時，看到兩個同班同學正聊得起勁。

「喔，綾小路？你怎麼會在學校啊？」

先注意到我的是須藤。他一身籃球服的打扮。

另一方面，洋介則是穿著足球服。

「新年快樂，我跟須藤同學剛才碰巧遇到，正在聊要不要一起吃午餐。」

「話說回來，這組合還真罕見啊。」

「是嗎？最近還滿常見的吧。」

「對啊。」

他們原本應該不是很要好，但兩人不知不覺間似乎變成了會一起吃午餐的關係。說不定是因為須藤成長之後，跟洋介越來越投緣了吧。

「但小野寺同學今天不一起來嗎？」

「她好像從昨天開始感冒，今天社團活動也請假了。」

而且不只是這兩人，似乎還有小野寺也會加入的情況。

這是有參加社團活動的學生才能建立起來的關係。

「綾小路同學你——剛從圖書館回來？」

看到我手上拿著幾本書，洋介似乎聯想到圖書館，他這麼詢問。

我表示肯定之後，我們很自然地邁出步伐，在須藤的帶領下前往便利商店。

「學生餐廳寒假果然沒開啊。」

「嗯，基本上大多是從家裡帶便當來，或是到便利商店買呢。」

似乎是買完後再回到校內吃午餐。

如果是春天或秋天，好像也經常坐在校外的長椅上吃，但這個季節實在沒辦法。

不過聽他們說為了避免社團活動學生不知道去哪裡吃飯，似乎有開放幾個場所，像是有開暖氣的學生餐廳等等。

「話說回來，今年的雪下下停停呢。」

「實在很煩人啊。已經大概兩個星期都是這種不穩定的天氣了吧？」

「冷成這樣身體也會動不起來，真希望快點變暖和呢。」

他們繼續聊著隸屬於回家社的我無法參與的話題。

只不過該說不會有疏離感嗎？光是聽原本以為不適合的兩人組像這樣自然地對話，就覺得很溫馨。

「話說回來，清隆同學，輕井澤同學那件事不要緊了嗎？你好像很操心呢。」

「不愧是洋介啊。果然傳入你耳中了嗎？」

「畢竟從寒假前樣子就不太對勁嘛。只要在教室進行觀察，就算不願意也會發現喔。」

「什麼要不要緊啊。啊，該不會你們終於分手了？」

須藤直截了當地這麼插嘴，讓洋介稍微露出苦笑，但因為那與事實相異，他立刻表示否定。

「我想沒那回事喔。只不過好像出了一點小麻煩嗎？」

即便是洋介，他的情報似乎也只更新到聖誕節前後。

「問題已經解決了。從年底開始就跟平常一樣。」

「啊，這樣子啊。那真是太好了。」

「怎麼，你們沒分手啊？」

須藤一臉遺憾似的雙手交叉抱住後腦杓。

「你希望我們分手嗎？」

「我、我不是那個意思啦。只是開個小玩笑。這是還沒交到女朋友的我在嫉妒啦，嫉妒。抱歉啦。」

須藤否定那番像在慶祝他人不幸的發言，如此謝罪。

雖然須藤的春天好像尚未來臨，但應該有前兆了。

「你跟小野寺沒有任何進展嗎？」

「喂、喂，你別說些多餘的話啦。會讓平田誤會吧。」

須藤一聽到名字就慌了起來，洋介則用溫暖的眼神看著他。

「我想洋介大概知道喔。」

「……真假？」

他以為那種微妙的關係完全沒被發現嗎？

「至少我知道小野寺同學從沒多久前開始在意須藤同學。」

畢竟洋介對同班同學的視線和行動比別人加倍敏感嘛。

他應該不會說什麼多餘的話，但有掌握到這件事也沒什麼好驚訝的。

「那麼，到底怎麼樣啊？」

「沒怎樣……因為我跟小野寺只是普通朋友啊。」

是尚未萌生直接的戀情，或是雖然正逐漸萌生，他還沒有自覺呢？須藤噘起嘴唇否定。

感覺也像是至今對堀北仍有留戀，但並沒有很明顯地表現出來。

只是身為一個男人，他絕對不會趁機利用小野寺的心意——須藤的態度讓人覺得應該可以認為他現在也是這麼想的吧。

繞去便利商店後，我們三人一邊切身感受著寒冷，一邊回到校內。

我們前往餐廳，只見那裡相當熱鬧，不分高年級低年級，四處可見有參加社團活動的學生。

即使像我這樣沒參加社團活動也能進來，所以恐怕也有學生只為了跟朋友吃午餐而前來吧。

學弟妹們有時會向須藤和洋介打招呼，然後進入餐廳。

「你們兩人完全是學長的感覺了呢。」

「畢竟二年級也快結束了嘛。等第三學期結束後，我們就要升上三年級了。雖然我一點自覺都沒有啦。」

須藤大口咬下飯糰。鮭魚從海苔與白飯之間露出來。

「這麼說來，前幾天發生了很奇妙的事。有個同年級的女生問了我很多奇怪的事情耶。」

看到過來打招呼的女生，須藤似乎想起了什麼，他這麼低喃。

「奇怪的事是指？」

「像是我從什麼時候開始念書的，為什麼以前都沒有認真念書。感覺像是想知道我OAA的學力上升的理由。」

「畢竟須藤同學的學力成長率首屈一指嘛。她應該是感到不可思議吧。」

就連同班的我們都感到驚訝不已。

站在其他班的立場來看，感覺像是看到了小小的魔法吧。

「你不是說過如果是女生問個不停，感覺就沒那麼討厭嗎？」

「哎呀，那倒也未必。雖然外表很可愛，但該說她一直很好戰嗎？一副感覺很跩的樣子。以我的立場來說，因為正要去參加社團活動，只希望她早點放過我呢。」

看來似乎不能指望發展成新的心跳回憶啊。

「順便問一下，那女生是誰啊？」

「她叫什麼來著啊……畢竟我不記得所有女生的名字嘛。」

大約三口就把飯糰全部吞進嘴裡的須藤，在咀嚼的同時回答。

「為了保險起見，姑且還是先確認一下是誰？說不定還會再見面喔。」

準備拿出手機的洋介大概是想打開ＯＡＡ吧。

然而須藤輕輕揮了揮手拒絕。

「不用啦。如果那女生喜歡我就另當別論，但那個絕對不是那麼回事。」

看來那對須藤而言是相當痛苦的時間嗎？他好像連名字都懶得記。

「無論如何，這表示須藤除了運動細胞以外，也開始受到注目了啊。」

「如果是被我的表現嚇到，感覺倒是不壞啦。」

須藤沒有驕傲自滿，他握住拳頭鼓起幹勁。

「我今後還會繼續成長啊。」

看來他並沒有滿足於現狀，充滿幹勁地打算讓周遭的人更加吃驚呢。

4

「我去上個小號。」

須藤將紙杯裡的水一飲而盡並站起來，雙手插進兩邊口袋，離開了座位。

目送那樣的須藤離開後，洋介開始說起近況。

「我是聽籃球社的一年級說的，聽說須藤雖然嚴格，卻是個無關男女，很會照顧人的學長，好像深受學弟妹仰慕。因為去年加入社團時，他一副只要自己變強就好的態度，所以三年級似乎都對他的變化感到吃驚呢。」

看來正因為是交遊廣闊的洋介，才能得知須藤看不見的一面吧。

「會打籃球又會念書，說不定今後女生不會放著他不管吧。」

「偷偷告訴你，還有學妹來問我須藤同學的聯絡方式喔。」

「須藤如果知道應該會喜極而泣吧？」

對須藤而言，受歡迎應該是他的夙願之一。

然而洋介卻露出有些複雜的苦笑。

「我想說應該要得到須藤同學允許，為了保險起見向他確認，結果他說反正對方八成只是在揶揄他，要我幫忙拒絕。他好像不是很在意。」

看來須藤似乎沒有發現以小野寺為首，自己正處於桃花期逐漸到來的狀態。

因為至今為止沒有那方面的經驗，所以他完全沒有真實感吧。

「他的春天可能還要過一陣子才會到來吧。」

「或許是那樣呢。」

覺得這種狀況很溫馨的洋介這麼回答，然後看向我手上拿著的書。

「我一直有點好奇，只有一本書包著書套呢。」

在圖書館借的書雖然也有為了保護書本而包上透明保護膜的狀況，但這本明顯格格不入。

這件事似乎讓洋介在內心覺得有點不對勁。

「這是我剛才收到的。龍園班有個叫椎名日和的學生對吧？」

「嗯，這麼說來我好像看過幾次她跟你待在一起的場面……是她送你的？」

「我們都喜歡看書，興趣很合得來，她說這本書很有意思，就推薦給我了。」

「是這樣啊……」

看來一直很溫和的洋介稍微垂下眉毛，表現出似乎有些不滿的氛圍。

「怎麼了？」

「不，沒什麼喔。」

儘管洋介如此回答，表情還是一樣有些憂慮。

我們的對話就在這邊突然停住，陷入一片沉默。

應該換個話題比較好嗎……我思考起來。

「這麼說來，社團活動會持續到什麼時候啊？升上三年級後也得考慮報考大學的事吧？」

聽到我提出完全無關的話題，即使感到困惑，洋介還是回答了。

「說得也是……雖然沒有明確地規定到什麼時候，應該大多會在六月時退社吧。需要認真念書的情況會選在這個時期。但如果是把重心放在社團活動上，也有人會待比較久，像是待到夏天之類的。」

就算知道應該會看是否要升大學，還有要花多少期間準備考試來決定何時退社，六月這個時間比想像中還要早。

「洋介在考慮要怎麼做了嗎？」

「還不知道呢。畢竟沒人可以保證能在A班畢業，我想父母應該是希望我上大學，雖然要等確認後再說，應該會選在六月前後退社吧。」

在這所學校基本上是不能與在校地外生活的人聯絡。

只不過有幾個例外。

其中一個就是關於升學和就業的事情。雖然籠統地說是升學，像是上哪間大學、或是上專門學校、學費要怎麼辦等等，有很多事無法光靠孩子的意思來決定。即使選擇就業，也有不少人會想跟父母商量。

這種時候會在校方見證下進行關於升學的討論。

是與我無緣的制度和規則，不過對希望升學的學生來說，是無法避免的事。

但要等到二年級的第三學期以後才能利用這種制度。

這麼規定的理由是決定好志願的學校就能在三年級以後避免多餘的學習。決定要報考的大學等級與科系，可以確定目標。

假設有一所志願的大學等級很高，一般入學考試會在二月到三月公布榜單。會在從這所學校畢業前確定。

這邊會產生疑問的是在A班畢業的恩惠。

這所學校擁有的權力可以讓學生進入想念的大學、想就職的公司，假如志願的大學落榜了，希望入學的學生可以請學校幫忙把結果改成上榜。不過這只是實現學生入學的願望，之後能否順利念到畢業，就要看個人的實力。說得誇張點，學力只有國中水準的學生就算進入東大就讀，也沒辦法正常地升級吧。

縱然會有入學後的問題，這種狀況是非常簡單好懂的例子。

另一方面，如果成功在A班畢業，且靠自己的實力考上志願的學校。

這種狀況也當然非常有可能。碰到這種情況時，校方有幾個可以協助的部分，不過主要分成兩種。一種是幫忙支付大學學費。這適用於雖然具備考上大學的實力，但繳不出學費的情況。這是不想揹學貸，或是有無法申請學貸的理由，又想升學的情況下能採取的措施。不過校方只會幫

忙出學費，生活費必須自己另外準備，此外不可能因為留級而幫忙追加支付學費。這終歸是按照在那所大學念到畢業為止的標準期間給予援助。另一種是大學畢業後的交涉。就是參考自己在A班畢業的實際功績，請校方幫忙遊說的做法。

換言之，就是也能採取刻意不在大學使用A班特權的戰略。

極端一點的情況就是進入低水準的大學就讀，等畢業後再使用特權，也能硬是進入條件要求大學畢業的一流企業吧。不過這只是達成就業而已。是否具備在那間企業一直工作下去的實力，就是另一回事了。最重要的是這麼做只是在走鋼絲，就算有高育幫忙遊說，倘若還是無法如願，抽到那百分之一的不合格，只會留下後悔吧。

「綾小路同學呢？會上大學嗎？」

「很難說啊。或許你會覺得我動作太慢，但我還沒決定好出路。說不定會升學，說不定會就業，只有神知道了吧。」

「沒有必要著急嘛。如果是你，應該大部分事情都能無往不利吧。」

雖然很高興他對我的評價這麼高，不巧的是對我來說這些選項根本不存在。

在談論關於出路的事情時，洋介的樣子看起來也不太對勁。

然後在話題中斷的時候，這次換洋介說道：

「……你跟椎名同學很親近嗎？」

他一度自己暫停了這個話題，但憂慮似乎並未消除。

「日和？很難說呢。至少以讀書夥伴來說或許很親近吧。有什麼讓你在意的地方嗎？」

我試著深入詢問，於是明白洋介到底在意什麼了。

「因為看你好像是用名字稱呼她，所以我有點在意。畢竟是在我們班以外第一次聽到你用名字稱呼別人。」

的確是很罕見的例子。

「什麼時候開始的？」

「什麼時候開始的？很難說呢。關於這部分我沒什麼明確的印象。」

不知不覺間，我就用名字在稱呼日和。

仔細一想，好像從剛相遇沒多久時就這麼叫了。

但那只是日常生活中的一幕，大腦並未掌握到具體的時期。

「也就是說並不是有什麼重大的契機呢。」

「是啊，沒什麼深刻的理由。應該是不知不覺就那麼稱呼她了吧。」

「是嗎……」

「這樣不妥嗎？」

「不，沒那回事喔。朋友多基本上是好事嘛。」

基本。也就是說不符合基本的情況另當別論。

然而洋介不打算繼續聊這個話題，我也決定不催促他。

我們兩人一起乖乖地等待須藤回來。

5

須藤與洋介都是從一年級剛開始就認真地參加社團活動，不斷留下成果。

這樣的兩人在明年的這個時候也會退休，時間的流逝實在很不可思議啊。

我稍微想起年底與鬼龍院交談的內容。

到目前為止的校園生活沒有任何一件事讓我深深感到懊悔，但有時會思考假如自己有參加社團活動的另一個將來。

先不提是否會認真投入社團活動，但如果與擁有相同目標的人一起認真地打籃球或踢足球，校園生活說不定會更加多采多姿。

雖然想像很容易，但我能在現實中邁向那種未來的機率等於零吧。

對於不知道怎麼與人相處交際、沒辦法在短期間內交到朋友的我來說，要闖進社團活動的世界，門檻實在太高了。

回家閱讀借來的書，還有日和送我的書吧。

就在我從學校踏上歸途的時候——

「請等一下。」

「嗯？」

一個女生用儘管很禮貌，然而音調蘊含壓迫感的聲音叫住我。

轉頭一看，只見她讓長長的圍巾微微隨風搖曳，看向這邊站立著。

「我有些話要跟你說。」

被沒有交集的人物搭話，原本是會感到困惑。

實際上去年我也遭遇過幾次那樣的場面。

這種時候不禁想深深感謝因為南雲的提議而誕生的ＯＡＡ系統。

因為不僅可以輕鬆地認出哪個人叫什麼名字，還能得知表面上的能力。

出現在眼前的是坂柳待的二年Ａ班的學生。

名叫森下藍。ＯＡＡ如下。

學力　　Ｂ＋

身體能力　C＋
靈活思考力　B＋
社會貢獻性　B
綜合能力　B

用簡單易懂的形容來描述，就是沒什麼缺點的模範生類型。
所有事情都能做得比一般人順手——從資料上可以看出她是這樣的人物。
與前幾天認識的真田十分類似，A班有很多這樣的學生。
「你是綾小路清隆對吧？」
「對。」
要說理所當然也沒錯，向我搭話的森下似乎很清楚我的事情。
嗯？話說她剛才是不是直呼我的名字？
無論是比我年輕或年長，無關年齡，我並不會抗拒被直呼名字，但正因為她用字遣詞給人很有禮貌的印象，讓我有些在意就是了——
然而在我開口說些什麼前，森下接著說道：
「這裡很引人注目，請讓我換一下地點。」

學校、宿舍、櫸樹購物中心——無論要前往哪裡都會經過的這個地點確實很引人注目。倘若有要尋找的人物，這裡也是最有效率的埋伏位置。

「請讓我換個地點。」

森下不由分說地立刻背對這邊邁出步伐。

雖然我不打算回答她是否會跟上去，不過算了。

畢竟是寒假，還有餘力去享受這種意料之外的邂逅。

「我們姑且算是首次碰面，沒錯吧？」

「是的，我沒有跟你交談過。」

森下頭也不回地如此回答，即使用字遣詞十分禮貌，總覺得充滿壓迫感。

我們在通往宿舍的道路途中往旁邊走，進入岔路時停下了腳步。

這一帶原本就偏僻，加上天氣又冷，周遭連一個人都沒有。

「然後呢？妳換個地點是打算說什麼？」

不知道大過年的會聽到怎樣的事情呢？

「我還沒決定。」

「妳還沒決定嗎？」

對於做好準備要洗耳恭聽的我來說，有種期待落空的感覺。

「雖然還沒決定話題的內容，我從以前就一直想要跟綾小路清隆交談看看。」

……果然不是錯覺嗎？

不知為何被她連名帶姓地直接稱呼。

因為除了稱呼都是很有禮貌的語調，所以那股壓迫感顯得更引人注目。

雖然不曉得是只有對我才這樣，還是對其他學生也一樣，總之這個部分有點敏感，因此接下來就無視吧。

最近好像與其他班級的學生有奇妙的緣分啊。

「我向你搭話這件事，讓你覺得很不可思議嗎？」

「哎，是啊。畢竟我跟妳至今不曾有交集嘛。」

「說得也是呢。」

「而且又是異性向我搭話，自然也會冒出很多奇怪的預測。」

我刻意做出暗示男女關係的發言，試探森下會表現出怎樣的反應。

也想過森下會不會因此感到動搖，但她即使稍微露出在煩惱的模樣，卻十分冷靜。

她立刻決定好自己要談的話題方向，開口說道：

「我並不是第一次像這樣跟不熟的人搭話。」

「嗯？」

處吧。

「因為我前天向須藤健、昨天向高圓寺六助搭話了。」

請你不要誤會——她彷彿想這麼說似的豎起手掌並對著我。

「我知道男女兩人單獨交談可能會產生誤解，所以先說清楚。」

因為她清楚地說了出來，能明確地排除那種狀況。真是令人感激。

還有也知道不是只有我被連名帶姓地直接稱呼。

不過，因為出現須藤的名字，所以跟剛才的對話吻合了。

「有個同年級的女生問了我很多奇怪的事情耶。」

困惑地這麼說道的須藤。那個女生的真實身分就是A班的森下吧。

外表的確感覺很可愛，也非常能理解須藤為何否定與戀愛相關。

她看向這邊的視線顯然是不同的性質。

「想在這個寒假期間了解關於你們班的事情。這樣的慾望驅使著我。」

說得淺顯易懂點，就是要偵察勁敵的班級嗎？

看她那種毫不掩飾的態度，應該怎麼判斷比較好呢？

很難想像這是坂柳下的指示。

或許她會派人來接近須藤等其他學生，但特地派看起來是怪人的森下來偵察我，沒有任何好還是說派森下這種特立獨行的人物來找我，就是坂柳的目的？

雖然我試著思考各種可能性，但引導出來的結論不一樣。

這是森下個人的判斷，獨自的想法。

感覺現在先這麼下結論是最接近的啊。

「因為高圓寺六助也有問我，所以就直接回答了，這一切都是我的獨斷。」

隨後，森下也親口補充了這是她個人的判斷。

「原來如此。我一直以為A班的學生都只會按照坂柳的指示行動。」

我決定暫且相信森下的發言，讓話題進展下去。

「那是我不清楚的事情。因為我們不會跟其他人共有想法。」

儘管說話方式有些奇特，森下繼續說下去。

「就像排名逐漸上升的綾小路清隆班虎視眈眈地瞄準A班一樣，我們A班確實也有很多人警戒著B班。在這當中我對你產生了興趣。」

「B班的評價也提升了不少啊。如果妳想探聽詳情，應該去接觸身為領袖的堀北比較好吧？如果有必要，我也可以告訴妳她的聯絡方式。」

我拿出手機叫出堀北的通訊錄。

然而森下伸手拒絕我這麼做，她看著莫名其妙的方向說了起來。

「我一開始是那麼想的。但是，周圍的評價逐漸在改變。現在也有人認為是你跟B班的進步有關。」

所以她才單獨行動，甚至來與我接觸嗎？

「實力與OAA相差甚大的學生，就是這麼引人注目喔。」

在第二學期最後進行的特別考試中，校方公開考試答案對錯這部分影響很大啊。

真田亦然、森下亦然，有能力高的學生重新盯上我了。

只要跟我的OAA比較，其中的矛盾顯然會產生出令人無法忽視的東西。

就算我表示只是隨便回答結果答對了，他們也不會相信吧。

如果這是因為坂柳指示才進行的接觸，該說實在太草率，還是粗枝大葉呢？沒有徹底鎖定好目標的感覺太過強烈。

「然後呢？直接接觸後，感覺能獲得成果嗎？有什麼我該回答一下比較好的問題嗎？」

我試著表現出歡迎提問的態度，她也伸手表示拒絕。

「多少有點收穫了。感覺綾小路清隆果然會變成相當棘手的威脅。」

「……我有哪個部分會讓妳那麼想嗎？」

「這是就我自己的分析來判斷。」

看來在這個時候森下已經大致可以理解，她一臉滿足似的點了點頭。

看到那樣的她，我內心浮現的第一印象是她是個相當奇特的「怪人」。

「那麼我失陪了。因為還有很多要調查的人。」

看來堀北班好像有很多她感到好奇的人物。

「是嗎，妳加油吧。」

她應該就是用這種感覺去跟須藤等人接觸的吧。

明明沒有看到現場，卻能輕而易舉地浮現出那樣的情景。

森下朝宿舍那邊回去了，要是隨便從後面追上去，讓人產生誤會也很麻煩。

我決定暫時呼吸一下冰冷的空氣，隔一段時間後再回家。

6

之後回到家的我，就這樣用冷冰冰的手拿起帶回家的書，準備立刻來閱讀。

要從哪一本開始看呢……

我稍微思考了明天以後到圖書館露面可以聊得起勁的話題，果然還是收到的那本書吧？

因此決定先從日和送的這本書看起。

書本身並沒有很舊，似乎是大約十五年前發售的。

我很好奇日和喜歡這本書的理由，試著搜尋了作者的履歷，但感覺是近乎沒沒無聞的眾多作家之一。雖然評價很少，還是有寫出有趣的作品吸引粉絲。

或許這正是喜歡書的日和才能發現的隱藏名作也說不定。

畢竟她為了能放在手邊，還重新買了同一本書嘛。

作者現在似乎也是以大約三年一次的頻率在發售新書。

如果這本書符合我的喜好，下次就來閱讀看看其他作品吧。

「嗯……？」

就在打算開始閱讀時，發現日和還準備了書籤。

書籤本身沒什麼大不了，令我在意的是書籤的圖案。

在櫸樹購物中心內買東西，有時會因為活動拿到免費附贈的書籤，根據時期會描繪限定的插圖或花紋。

我拿起的書籤畫著冷杉與雪，是象徵聖誕節的圖案。

這跟我在聖誕節前到書店買了幾本書時附贈的書籤一樣。

因為聖誕節後立刻換成了其他書籤，所以這很有可能是在聖誕節前買的。

假如她是買了書以後每天隨身攜帶，感覺實在很過意不去啊。

雖然她貼心地說是幾天前買的，但很有可能要再回溯幾天才是真正的購買日。

「說不定收到了很沉重的禮物啊。」

我當然不能太快下定論。

說不定她純粹只是以書痴的身分把書籤當禮物送我而已。

現在就先不去深究了，然而如果她是覺得跟我很親近，身為人類理所當然會覺得開心。

現在的我能做什麼來向她道謝呢？

做什麼事情對日和有幫助呢？

坐在床上的我決定在看書之前先思考一下這件事。

逐漸改變的關係

寒假也只剩下兩天。

我跟惠的關係也恢復成以前那樣──不，從惠的角度來看，甚至比以前更好了。

在同班同學中，一開始須藤曾單方面地討厭洋介，但現在也確認到他們的關係在正面意義上產生變化，還有坂柳出乎意料的一面，也連帶讓我邂逅了她的同班同學們。

而且還成功發現了背負著不安的班級看漲因素，像是龍園與葛城已經針對第三學期的開幕開始進行準備，還有開始產生變化的一之瀨在精神層面上穩定下來等等。

看來應該可以總結成是一個大致上讓人心滿意足的寒假啊。

只不過有一點。

就是我覺得自己在這個寒假裡還有一件事沒做完。

日和送我的書。

對於這份禮物，我能做到的事。

煩惱了幾天後，得到一個結論。

不過為了實行這個結論，需要事先準備。

最近才因為一之瀨的事情，讓惠感到嚴重不安。

以我的立場來說，也不應該在這時讓尷尬的氣氛再度發生嘛。

必須在不會產生誤會的狀態下，和平地報答日和才行。

但該怎麼報答呢？

提示就藏在過去剛入學沒多久時，我抱持的東西裡面。

「清隆！聽好嘍？真的只有今天破例而已喔！」

我要離開房間時，睡衣打扮的惠抱住我的背如此吶喊。

「我知道，所以才好好地向妳報告了對吧？」

「是沒錯啦……雖然我也確實聽說理由了……還是會感到不安嘛！」

我催促她放手之後轉過頭去，於是惠這次從正面抱住了我。

「你要在晚上前回來喔。」

「如果妳這麼不安，只要達成我出的條件不就好了嗎？」

「那種事我絕對辦不到啦。光是看課本文字就耗盡心力了。應該說我絕對跟她話不投機。」

這……唉，我想也是吧。

就算勉強配合，恐怕也不會演變成雙方都開心的結果。

「那你吻我一下！」

「怎麼會突然冒出這種要求啊？」

我這麼反問，只見惠已經閉上雙眼，將嘴唇朝向這邊。

我老實地回應她的希望後，惠便傻笑了一下，可愛地揮了揮手。

「路上小心。」

直到五秒前還氣噗噗的樣子彷彿假的般，她露出看起來很開心的笑容。

我就在這樣的惠目送下離開了房間。

1

我毫不猶豫地搭上電梯，離開宿舍來到外面後打開手機。

應該差不多要接到對方的聯絡了。

在離開房間前進行確認是最順暢的流程，但在惠的面前為了儘量不讓她擔心，我優先顧慮了她的心情。

不出所料，雖然對方一度來電，但因為我剛才沒能接電話，因此收到了訊息。

看來對方似乎比約定的時間早出門，正在散步的樣子啊。

這種很有對方風格的行動讓我深感佩服，同時決定追趕上去。

離櫸樹購物中心有些距離，接近正門的位置。

我發現一個並非為了尋找什麼，只是在徘徊漫步的少女背影。

「有發現什麼嗎？」

「早安。很遺憾地，沒有任何特別的東西。不過，今天是很舒服的天氣呢。」

雖然氣溫還很低，但今天晴空萬里，原本堆積的雪也幾乎都融化了。

「謝謝你今天約我出來。」

「每天都關在圖書館裡，就太浪費難得的寒假了。」

我聽圖書館員說很少跟朋友一起玩的日和，在圖書館開放時經常在裡頭待到門禁時間。說她一整天都一個人逗留在圖書館裡，直到學校關門為止。

我想說她就這樣一個人迎接第三學期實在有點寂寞，所以約她出來。

當然了，我自認可以理解那對日和而言是十分充實的慣例。她說不定會生氣地認為我這麼做很雞婆。

像這樣約她出來，對她而言可能是多餘的壓……說得簡單好懂一點，就是她可能會覺得我像是在說「我以朋友的身分陪妳玩」一樣，是強迫推銷吧。

「你為什麼會約我出來呢？」

正因如此，我才必須誠實以待。

「因為我只是想約妳出來。」

只是想作為一個人類約她出來，就只是這樣罷了。

如果認為我能力不足，用不著我說，日和當然擁有拒絕的權利。

「開端是想要感謝妳送我書。但只是送禮或用言語表示感謝，我沒辦法接受。我想要把能讓妳感到開心的一天一起送給妳。」

雖然對異性這麼說有些肉麻，但她應該能明白我想說的話吧。

「能聽到你這麼說，我很高興。」

從柔和的用字遣詞中傳達過來的是感謝與過意不去。

聰明的日和應該是解釋成同情她境遇的我決定約她出來吧。

無論我怎麼用言語否定這點，都無法輕易地消除先入為主的觀念。

儘管如此，她沒有拒絕邀約這件事本身，所以才會像這樣赴約吧。

那麼，之後只需要用實際的行動來表示。

平常有兩人以上一起行動時，我很少主動做些什麼。

大多是把主導權交給其他學生，陪他們行動來體驗各種事情。

但今天不一樣。

我決定要澈底由我為主體來帶領日和。

說是這麼說，但在學校的校地內，能做的事情和能去的地方也很有限就是了。

「那個，輕井澤同學她——沒關係嗎？身為女友，她應該不樂見你像這樣跟女生兩人一起出門吧。」

我與其他異性說話時，不分狀況，都有一定數量的人會擔心這件事。

這並不是只有針對我才這樣，而是有男女朋友的人常被問的慣用句。

假如是惠跟其他異性兩人一起出門，對方就會問：「綾小路沒關係嗎？」

當然了，並不是非得確認不可。

只有擔憂與對方一起行動會造成影響的人才會這麼問。

我早就算到日和是這樣的人了。

「她一開始堅持要一起去。那樣倒也無妨，但要是她只為了監視我才過來，也無法變成一趟快樂的出遊嘛。這樣對日和妳也很失禮。」

「你是怎麼說服她的？」

「我跟她說為了製造共通的話題，至少先看些書。」

我如此告訴日和，於是她驚訝地瞠大眼，露出歡迎的笑容。

「但她不在這裡，妳明白這代表什麼吧？」

「啊……原來如此。的確是這樣呢。」

惠昨天翻開書本，才第一頁就宣告投降，當場躺平。

「事情就是這樣，我有好好地獲得她的允許。她當然一直發牢騷到最後一刻就是了。」

知道我並沒有瞞著惠這件事後，日和露出微笑鬆了口氣。

2

「才大過年的你好像就挺招搖的嘛。」

沒多久我們抵達欅樹購物中心，閒聊著圖書館常見的狀況時，一個發現我們的女學生過來搭話了。是平常沒有太多交集的神室真澄。

她不知為何露骨地用一臉厭惡的表情看著我這邊。

神室走近這邊後，日和稍微低下頭打招呼，但神室無視她，單方面地朝我搭話。

「我年底才剛看到你跟輕井澤在約會耶。結果一到新年，馬上就跟不同女人開始交往了？」

看來她針對我的視線似乎是屬於輕蔑的眼神。

的確，只看到這幅光景，會這麼解釋或許也沒辦法吧。

「類型也完全不一樣，你到底在想什麼？」

「那個，早安，神室同學。」

「妳叫椎名對吧？沒想到妳跟綾小路居然是這種關係。」

倘若不好好說明理由，感覺她會一直誤會下去啊。

「他今天是以朋友身分約我出來玩的。」

「我也有好好地獲得惠的允許。」

原本以為這樣她應該稍微可以理解了，但她的表情還是很嚴厲。

「就算那是真的，在旁人看來仍舊是個異常的光景呢。」

畢竟從外面看是不會知道內情的，她的發言很有道理。

「但如果是那樣，男女一起出門這件事本身就無法成立了不是嗎？」

「可以看氛圍吧。畢竟我從遠處看都能感受到你們關係非比尋常了。」

雖然那是神室擅自那麼解釋，或許也不能斷言未必是那樣。

在女學生當中，日和在我內心也有比較高的評價。

儘管平常很少讓人感覺到，但她博學多聞，又跟我同樣有看書這個興趣，然後話也不多。說起來是跟我很合得來的人之一。

另一方面，可以預測到日和也是用類似的視線在看待我。

既然這樣，也難怪會被人判斷我們處於比一般朋友關係更深的位置。

「我會儘量小心不要被誤會。」

「那麼做比較明智呢。」

「妳是特地來忠告這件事的嗎？」

「接下來才要進入正題。我還有其他想跟你確認的事情。」

神室連一聲新年快樂都沒有，就這樣更進一步縮短了往這邊的距離。

「要講有點深入的話題，可以嗎？」

她姑且用眼神跟我確認是否可以就這樣讓日和同席。

因為日和看起來也沒有放在心上，我決定請她繼續說下去。

「沒問題。如果有想說的話，就說出來吧。」

「那我就不客氣了，你最近的行動是打什麼主意？」

「行動？妳是指什麼？」

「別裝傻了，我很清楚你最近在四處探聽A班的事情。」

「我在探聽A班的事情？」

我完全沒有印象。到處探聽A班的事情？

雖然我純粹感到疑問，但想起有一個好像會那麼認為的行動。

「該不會是說森下？」

「你果然有底？有人看到你跟森下聊了很久的樣子。」

假如是那樣，那個場面是我正好被搭話的瞬間嗎？

就算有人從遠處目擊到也不奇怪。

「森下同學？」

是沒聽過這名字嗎？日和在一旁有些不可思議似的低喃。

她說不定甚至不曉得森下跟我們是同年級。

「妳不知道嗎？A班有個叫森下藍的學生。」

「聽你這麼一說，感覺好像是隱約聽說過，但我沒有跟她交談過呢。」

「她平常不太會與其他班級的人說話，很可疑對吧？」

「是這樣嗎？看起來不像是那樣耶……」

畢竟她本人也親口說過還去找了須藤和高圓寺問話。

即使她直呼全名這點讓人有些在意，感覺並非不會說話。

「也就是說你並不是在刺探A班吧？」

「我沒那個意思呢。至於妳要不要相信我口頭的否認，就是妳的自由了。」

神室毫不掩飾地主張她無法輕易相信。

「沒想到原來神室妳是那種會為了A班著想而行動的人啊。」

「如果對象不是你，我大概不會那麼在意。」

「原來如此？」

「因為你是唯一能對坂柳造成影響的存在。」

「這是首次與妳相遇時根本無法想像的發言呢。還以為妳一直都很討厭坂柳。」

坂柳發現神室順手牽羊，幾乎是將這件事當作威脅用的材料，把神室當成自己的手腳利用。

神室一開始應該很厭煩坂柳這樣的做法。

和我原本抱持的印象有落差。

「同一鍋飯一起吃了一年，情況也會改變嗎？」

「你別擅自判斷又擅自理解。我現在也不喜歡坂柳這個人。只不過我最起碼會考慮到班級。如果你的存在會發揮正面作用，我可以放著不管。但如果不是那樣，就有必要採取對應措施。」

她萌生相當強烈的為同伴們著想的意識。應該可以這麼判斷吧。

「話說回來──椎名，妳好像也知道很多事呢。」

「知道什麼？」

「即使聽到我跟綾小路的對話，妳的表情也絲毫沒變，不對嗎？」

「該怎麼說呢，對不起，我沒有很認真地在聽。」

「……啥？」

「畢竟是綾小路同學與神室同學在談話，所以我只是眺望著景色在發呆而已。你們談了什麼特別的話題嗎？」

看到日和一臉不可思議地歪了歪頭，神室看似傻眼地嘆了口氣。

「沒有，沒什麼。」

她是判斷自己反應過度，想太多了吧。

神室原本應該是故意放任椎名不管，試探她的反應，看來是期待落空了。

一旁的日和應該仔細地聽到了我們的對話，而且也理解現在的狀況。

但她是能夠不讓人領悟到這點，表現出天真感覺的人物。

「我知道你這人並不正常。」

「妳的說法真粗暴啊。」

「這是事實吧。否則你不會若無其事地讓那個叫佐倉的女生退學。」

看來她似乎是把全場一致特別考試時的事情也算進去在講。

神室似乎也擁有照理說只有班級裡的人才會知道的情報。

「我今天是來找你——」

神室話說到一半時，她的視線有一瞬間移開了。

「咦？哎，這個兩人組合還真是稀奇啊～」

就在神室準備開始糾纏不休的訊問時，表露爽朗態度的橋本與並排在他身旁的鬼頭現身了。

我沒有漏看神室的表情在瞬間驟變的模樣。那表情大概是在說「遇到討厭的傢伙了」吧。

但要是一直站在這種大街上不走，應該也能考慮到會遇見橋本的狀況。

既然這樣，她有一瞬間露出的那種表情變化說不定含有其他意思，比起這些，更讓人注目的是鬼頭那奇特品味表露無遺的服裝。

不愧是宣稱要以時尚設計師為目標的人，感性與一般人截然不同。

對服裝品味沒有自信的我無法理解那套衣服的好壞。

「哎呀～看到美女包圍綾小路，我忍不住就燃燒起嫉妒的火焰了嘛。」

「你在開玩笑嗎？」

明顯在生氣的神室逼近橋本。

「居然找上小椎名與小神室，綾小路的眼光也真高呢。對吧，鬼頭？」

他向鬼頭徵求同意，然而鬼頭沒有任何反應。

「我們接著要兩個大男人一起寂寞地出門，讓我們跟你們一起行動嘛。」

「誰理你。我要回去了。」

神室一臉憤慨地準備離開現場，但橋本抓住她的手，在她耳邊低語些什麼。即使橋本遭到推開，他們立刻拉開了距離，神室依然留在原地不動。

「你們並不是兩人一起在約會對吧？畢竟綾小路有女朋友嘛。」

我心想話題會變成跟神室來搭話時一樣的發展也無可奈何吧，並點了點頭。

「那再加上我們兩人，變成五個人一起玩也沒問題吧？」

「如果日和同意，我也沒什麼反對的理由。」

「感覺很好玩，不錯呢。畢竟我也幾乎沒跟神室同學等人說過話。」

日和沒有表現出一絲厭惡的態度，如此回答了。

她應該不是那種會自己積極地向人搭話的人，說不定認為像這樣很多人一起玩倒是不壞。

雖然我跟橋本他們也不是特別要好，但與奇特的成員們一起增進感情也不錯吧。

「因為我們也沒什麼特別的目標，行程可以交給橋本安排嗎？」

「如果你們願意完全交給我，由我來決定也行喔。」

是很習慣拉著多數人前進嗎？橋本毫不猶豫地爽快答應。

3

最近與龍園和葛城、一之瀨和白波這些其他班級的成員有牽扯的機會越來越多了。

然後今天則是跟以神室為首的A班成員一同行動。

而且不是單純的學生們。

他們各自的立場都類似很接近坂柳的幹部。

「早安，橋本學長、神室學姊、鬼頭學長。」

「早安。」

「啊，學長早！」

隨著越來越接近櫸樹購物中心，向我們搭話的一年級生可說絡繹不絕。

「你們很受學弟妹仰慕呢。」

「站在我們A班的立場來看，這點程度很普通啦。」

可以窺見他們與一年級的學弟妹也有祕密合作，能認出哪個人叫什麼名字。

「但坂柳外出時就沒有被人搭話的印象呢。」

「因為公主殿下比較特別嘛。學弟妹們也沒辦法輕易地向她搭話，可以說是高不可攀吧。」

所以學弟妹們才會經常以羨慕的眼神注視著她嗎？

「話說你們打算去哪裡？」

「嗯～？我想想，綾小路你是希望去避免引人注目的地點？還是都沒差？」

「我不喜歡毫無意義地引人注目啊。」

「我想也是。那麼，最基本的選擇就是ＫＴＶ，不過——」

橋本瞄了一眼確認神室的表情，只見神室用強烈的視線回應。

「駁回。」

「啊，果然嗎？」

這一句話似乎就讓橋本放棄ＫＴＶ，他開始思考其他方案。

「神室同學不喜歡ＫＴＶ嗎？」

「怎樣都沒差吧，不要一一問我理由。」

跟在神室旁邊的日和如此詢問，但神室沒有回答，粗魯地拒她於千里之外。

我與鬼頭在這樣的情況下走在後方。

「——音痴。」

「鬼頭！」

鬼頭只是悄悄地低喃一聲，然而聽到那聲音的神室露出凶狠的樣貌轉過頭來。

「怎麼，原來妳是音痴啊。」

有自覺是音痴的人似乎的確有討厭ＫＴＶ的傾向。

既然如此，也能理解神室為何不想說明理由。

「少囉唆。」

「……神室的耳朵也很尖。」

不曉得是否有在反省，鬼頭用更小的聲音補充了感覺又會挨罵的一句話。

「那句話我也聽見了。應該說你別告訴綾小路一些多餘的事。」

「我有控制在不會出問題的範圍內。」

他們到底是感情好還是不好呢？

雖然難以判斷，但應該是不用客套的關係吧。

「好啦好啦，小神室，我們和平一點吧。不會去ＫＴＶ啦。」

鬼頭把手搭在我的肩上，指示我稍微放慢腳步。

然後在距離拉開到耳朵尖的神室應該也聽不到的地方時，他開口：

「橋本跟神室給你添麻煩了。」

「啊，不會，我沒放在心上。再說椎名看起來也笑得很開心嘛。」

「如果是那樣就好了。」

儘管鬼頭基本上一臉凶狠，因為教育旅行時看到他平常看不到的一面，所以我並不會感到吃驚。反倒該說他是個具備常識的學生。

「跟你碰到龍園時的對應不一樣啊。是因為你還沒有把我當成敵人嗎？」

「我並不是對誰都會找碴，縱然是敵人也一樣。只要對方好好地擺出有禮貌的態度，我也會盡到最起碼的禮儀。」

他表示就算變成敵人，也未必會擺出嚴厲的態度。

「欸，小椎名。我有一點事情想問妳，可以嗎？」

「是什麼事呢？」

「我在想妳跟綾小路到底是什麼關係。」

「我剛才也跟神室同學說過，我們是感情融洽的朋友。」

「那也就是說妳現在是自由之身對嗎？」

「自由之身嗎？」

「意思是妳應該沒有男友吧？」

「你打算在這種狀況下開始搭訕？」

「既然彼此都是自由之身就沒有任何問題，可以的吧？還是說小神室妳願意跟我交往？」

神室走近表現出這種輕佻態度的男人身旁，毫不留情地朝他屁股一踢。

「好痛！」

橋本跳起來按住屁股，然後雙手合十，連聲道歉。

「讓你看到無聊的鬧劇了，抱歉啊。」

在後面看著他們對話的鬼頭這麼謝罪，不過根本沒有需要道歉的部分。

「老實說A班本來給我的印象應該有更多不知變通的學生。但出乎意料地也不是那樣啊。」

「無論好壞，橋本都自詡是帶動氣氛的人。」

不曉得算不算是稱讚，只見鬼頭露出跟平常一樣凶狠的表情，用了這種微妙的說法。

4

交給橋本帶路讓我學到了新知識。

就是假如成員不接受，無論怎樣奇特的提議，結果都不會實現。

橋本提議了幾個KTV以外的方案，但神室都一一駁回。

就結果來說，神室答應的是在咖啡廳談天說笑。

也就是只剩已經無事可做的小組最後會想到的計畫。

「小神室，真的這樣就好了嗎？好不容易約到兩個稀客耶？」

「既然這樣就不要找我，你們自己去啊？我說過好幾次了吧。」

不斷拒絕提議的過程中，神室的確好幾次說了不要找她，我們自己去就好。

「我怎麼可能那樣排擠同伴呢？」

「那個，我覺得這樣聊天也很不錯。反倒該說很喜歡這種安穩的感覺喔。」

「哇喔。小椎名真是個好女孩呢。又這麼可愛。」

是很中意椎名嗎？橋本率先坐在她的旁邊。

另一方面，我則與鬼頭比鄰而坐。

「話說回來，綾小路也真有一套啊。坐到鬼頭旁邊的傢伙通常都會有點嚇到呢。」

「因為我已經知道他是個好人啊。」

果然是教育旅行的經驗發揮了作用，我反倒甚至覺得安心。

「我也贊同綾小路同學的意見，鬼頭同學看起來不像壞人。」

「你們的眼睛到底長在哪裡啊？」

「就是說啊。你們兩人算是挺罕見的類型喔。」

「是這樣嗎？」

日和目不轉睛地注視著鬼頭那邊確認。

鬼頭回看（瞪）那樣的日和，但日和沒有被嚇到的樣子。

反倒是鬼頭好像無法再繼續直視日和的雙眼，先移開了視線。

「你果然是個好人啊。」

「那是錯誤的認識，我並不是好人。」

鬼頭只轉動眼珠子看（瞪）向這邊。

他親口提醒我們，要我們別誤會了。

「好啦，綾小路，差不多該讓我們聽聽你的說法啦。」

至今一直擺出詼諧態度的橋本將手肘靠在桌上後，就那樣拿著茶杯當成麥克風，把手臂伸向我這邊。

原本看著其他方向慵懶地坐著的神室，聽到這句話立刻端正了姿勢。

因為有想問我的事情，才來搭話。

雖然我記得這個可能性，但他們究竟想知道什麼呢？

「——坦白說，你是否計劃拋棄輕井澤，換椎名當女友？既然你跟椎名在約會，就表示果然是那麼回事吧？是吧？」

橋本彷彿記者在質問藝人般，將茶杯不斷地推向這邊。

阻止他那樣伸手過來的是神室。

「橋本。」

「啊？怎樣啦，小神室。接下來我會把所有事情都問個一清二楚——」

「如果你只會做這種迂迴的事情，就由我來深入。」

她用強烈的語氣提醒橋本別再繼續這些麻煩的閒聊。

「小神室真可怕呢。哎，雖然這也是妳迷人的地方——唔！」

橋本突然像是差點窒息一樣，露出痛苦的表情。

他慌忙地蹲下來按住腳。看來似乎是在桌子底下被踢了一腳。

「竟然踢最致命的弱點部位，太不留情了吧……！」

「碰巧的啦。」

神室毫不擔心，她移開視線如此回答。

橋本暫時忍受著痛楚，在顛峰過去後開口說道：

「我——不，應該說我們A班非常在意你喔。」

「為何？」

「用不著我說你也知道吧？又會念書又會運動，而且一之瀨好像也很喜歡你？能毫不畏懼地跟那個龍園交談。最後甚至還與公主殿下也很要好的樣子——這非比尋常吧？」

即使只看寒假期間，也有很多人目擊到我跟那些人的人際關係。

再對照至今為止的偵察，橋本的提問可以說很正常吧。

「B班的躍進，在堀北背後暗中活躍的真正領袖是你——沒錯吧？」

神室和鬼頭也都停止動作，只將視線看向這邊。

包括神室剛才的行動和發言在內，這個情況並非碰巧產生的。

考慮到神室的反應，看起來像是由橋本主導在擾亂現場，但應該可以認為這是事先計算好的計畫吧。

彷彿被我播下的種子吸引過來般，傳聞從偵察、臆測、四處流動的情報蔓延開來。無論事實或假象，像這樣流傳之後，又讓人看到新的一面。

雖然原本以為還沒這麼快，但被人這麼提問一事在我意料之中。

既然這樣，接下來就替那顆種子澆水吧。

「真正的領袖啊。假如是那樣呢？」

「咻～我以為你會立刻裝傻或否認，你要承認嗎？」

「我並不是承認了。只不過假如真的是那樣，我對你們會怎麼做很感興趣。」

「這要等我們獲得確切的證據才能說。」

「確切的證據嗎？那麼，看來按照橋本的期望，我承認自己是真正的領袖好像比較好啊。」

我如此回答，於是橋本垂下一直揚起的嘴角，露出苦笑。

「這回答真難搞啊。」

針對橋本的質問，因為被說中而產生動搖、或者反過來光明正大地承認、又或者是盡全力否認。無論我做出哪個選擇，他原本都有自信可以把疑問變成確信吧。

那麼，只要擺出以上皆非的態度，會傷腦筋的就是橋本那方。

沒有肯定也不否定。真要說的話，要承認也無所謂的立場。

這麼做就可以讓他們很難掌握到確切的證據。

實際上我目前正處於逐漸從堀北背後離開的狀況。

倘若他們擅自斷定我是真正的領袖來採取行動，在今後的戰鬥中會遭到暗算。

「小神室妳覺得呢？」

「接近黑色的灰色地帶。」

「鬼頭你呢？」

與立刻回答的神室不同，鬼頭什麼也沒有回答，但他一直盯著我看。

「讓我訂正一下好了。說是真正的領袖可能有點太過火，但我認為你就是引導B班的幕後推手沒錯。」

「要怎麼判斷都是你和A班的自由。」

「小椎名啊，妳對綾小路有什麼想法？」

「問我嗎？」

「對，希望小椎名也務必讓我們聽聽妳對這件事的見解。」

「我在想橋本同學是想透過這件事做什麼呢？」

「嗯？做什麼是指？」

「關心綾小路同學的存在，然後──接下來的行動。」

「……妳說到了重點呢。」

橋本對椎名的評價原本只提到外表，但椎名這句話似乎讓他重新更改了對椎名的評價。

「橋本，這話什麼意思？」

神室無法理解椎名這個提問的意義，神室的疑問讓橋本陷入沉默。

「我沒多久前跟小神室妳聊過，要在A班畢業該怎麼做才好對吧。最穩固的方法是靠個人存到兩千萬點確定升級，但是要存到兩千萬點沒那麼簡單。話雖如此，就算想依靠轉班券這個新系統，假如能利用的期間太短暫，也根本派不上用場。」

「是啊。」

「看中會獲勝晉級的班級也很重要。只要先討好對方，也有可能請他們收留自己。然而光只是賣了一、兩個人情，要說那個班級是否願意花兩千萬收留我──妳覺得呢？」

「那是不可能的吧。除非有簽訂白紙黑字的契約。」

「就是這麼回事。既然如此，為了提升在A班畢業的機率，妳覺得該怎麼做才好？全班一起努力合作？把勁敵踢下舞台？不，不對喔。」

「是從其他班級挖角強大的對象，沒錯吧？」

在橋本回答之前，日和先推論出答案，如此低喃道。

「哇喔，小椎名真有一套呢。」

無視這麼稱讚日和的橋本，轉過頭來的神室與鬼頭視線重疊了。這種無意識的舉動是因為他們察覺到椎名日和這個人的腦袋有多靈活的關係吧。

OAA上有很多學力高的學生。

但在與用功向學不同的部分上是否能幹，只有透過實際相處才看得到。

「即使靠自己存不到兩千萬點，如果是全班同學都願意這麼做，就不是夢想。就像龍園同學挖角了葛城同學一樣，只要A班也從其他班挖角優秀的人才，A班就會變得更加穩固，也能削弱勁敵們的力量。」

橋本毫不吝惜地送上讚賞的掌聲，再次說出這就是正確答案。

「展現給我看吧，綾小路。如果你能向我們A班證明你的強大，我就用班級點數把你挖角過來。如此一來，你就能站在比現在更有利的立場對吧？」

也不能斷定橋本這樣的邀請完全是謊言。

不過能夠準備幾個無法判斷這是實話的理由。

「獵人頭……啊。但你覺得坂柳會歡迎綾小路嗎？」

其中一個。神室幫忙確認了坂柳應該不會歡迎我的部分。

「我也能理解公主殿下應該有什麼想法，不過我認為很有機會喔。」

「根據是什麼？」

「要出示根據也行，首先應該看綾小路怎麼想。」

橋本沒有回答神室的問題，而是向我確認我的想法。

「若你願意挖角我到A班，沒有比這更好的提案了啊。」

「就是這麼回事。假如不是別班，而是A班來邀請，你會答應嗎？當成假設就行了，讓我聽聽你的想法吧。」

「如果是能現在立刻就帶我到A班，我想積極地考慮這件事。」

我表現出會答應邀約的樣子後，這次橋本很乾脆地退讓了。

「OK，也就是說你有意願。那應該能進入下一個階段了吧。」

話題還沒有結束嗎？橋本看來比在場任何人都開心地笑了。

然而，與他同班的其中一人拉開椅子站了起來。

「雖然你們擅自在進展話題，但我不會參與你們的失控。再見。」

「啊，喂，小神室妳打算回去了嗎？」

「不管我說什麼，你都不會聽吧？」

「如果妳是在說之前的約定，我很抱歉啦。」

儘管橋本慌張地叫住她，神室依然快步離開了現場。

「哎呀……做得有點太過火了嗎？」

橋本向靜靜守望著的鬼頭如此確認，於是鬼頭就那樣默默地點頭同意。

「我去叫她回來，你們等我一下。」

橋本一邊搔著頭，一邊小跑步地追趕神室的背影。

「各位都是很有趣的人呢，我非常開心。」

在旁守望情況的日和瞇細雙眼露出微笑。

「……是嗎？」

是壓根兒沒想到日和居然樂在其中嗎？感到意外的鬼頭這麼吐槽。

之後在橋本帶著看起來很不高興的神室回來後，話題沒有回到我身上，而是轉變成無關緊要的閒聊。

日和並沒有特別格格不入，反倒是作為話題的中心參與對話，加上橋本幫忙炒熱氣氛，度過了一段不會無聊的時光。

5

在離開咖啡廳準備前往書店前，我們跟橋本等三名A班學生道別了。

從他們匆忙的樣子來看，說不定是坂柳召集了他們。

我跟日和兩人一起繞到書店，在回程路上交換了各種意見。

「是非常快樂的一天呢。」

傍晚時分，稍微走在我前面的日和似乎回想起剛才的事情，輕輕地笑了。

「沒想到原來鬼頭同學是那麼健談的人呢。」

「那麼健談？」

即使我試著回想，感覺他也只有小聲地低喃了五次還六次吧……

「而且我也非常了解神室同學和橋本同學了。」

「如果妳能接受就太好了。結果我幾乎什麼都沒做呢。」

「沒那回事，你不是陪我一起去了書店嗎？光是這樣我就非常高興了。」

「是嗎？唉，如果能讓妳開心就好。」

考慮對方的狀況來擬定計畫這件事，我還需要多練習啊。

這部分只能不分男女地與許多人一同度過時光，藉此不斷累積經驗值吧。

回過神時，不知不覺間我們話越來越少，彼此都沉默下來。

日和的腳步比剛才更緩慢，她是否在想什麼事情呢？

我們沿著林蔭大道前進，來到大概再一半路程就會抵達宿舍的地方。

「那個……綾小路同學，能請你不要生氣地聽我說嗎？」

直到剛才都很開心地露出微笑的日和，看起來有一點緊張的樣子。

「我想應該沒有什麼值得生氣的事，就不生氣地聽妳說吧。」

「關於我前陣子送你的書，那本書是……我爸爸寫的書。」

「妳爸爸？——啊，原來如此。既然這樣，作者的名字該不會是把本名重組？」

「真厲害呢，你看出來了嗎？」

「假如知道他是妳父親，對那個有點奇特的作者名猛然開竅也不奇怪。」

「椎名克己。這是我爸爸的本名。」

「這表示妳書痴的根源來自父親嗎？」

或許我窺見了產生出文藝少女的背景。

「到目前為止，我從未對別人說過我爸爸是作家的事情。雖然也是因為沒有興趣相同的朋友……但不只是這樣而已。希望綾小路同學可以知道這件事。」

日和如此告訴我。

即使這沒什麼好隱瞞的，應該也用不著特地說出來。

她為何在這時說出這些話呢？

「你會想像今後的戰鬥將怎麼發展嗎？當然了，我知道要預測很困難，但如果方便，能讓我聽聽你的意見嗎？」

「龍園與坂柳的戰鬥果然還是會大幅影響今後的前途吧。假設到學年末為止，班級點數的變動都差不多，坂柳獲勝了，A班會非常占上風。但假如龍園獲勝，說不定A班的優勢就化為烏有了。這是比堀北班和一之瀨班的動向更值得注目的部分。」

到這邊為止的預測，無論是誰都辦得到。

既然要述說被徵詢的意見，就有必要思考那之後的事情和將來的事情。

「大部分學生應該都會認為坂柳班占上風。」

「是啊。畢竟他們到目前為止，已經維持A班的地位將近兩年，而且從未損失過大筆的班級點數嘛。我們班也有不少人在害怕學年末的特別考試了。」

假如落敗，龍園班要在A班畢業的可能性會變得微乎其微。

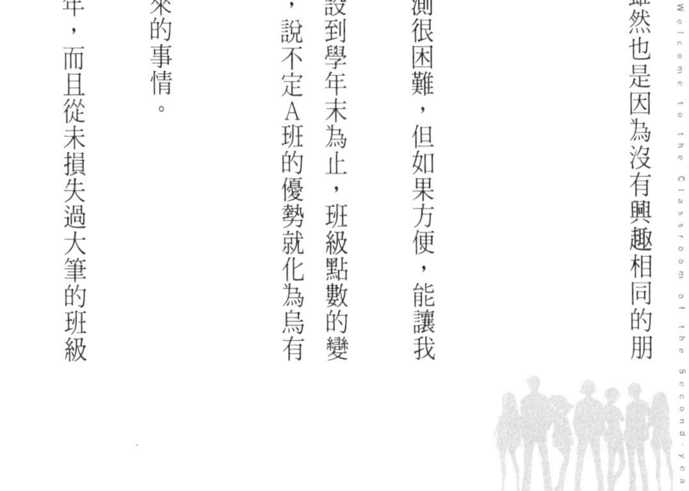

「既然不曉得特別考試的內容，目前只能用領袖與班上同學的戰力和契合度來判斷，但我認為龍園也有充分的勝算。」

以我的立場來說，反倒認為那是最理想的狀況。

堀北與一之瀨的戰鬥無論誰勝誰負都無所謂，倘若龍園落敗，日和的班級會一口氣喪失勝算遭到淘汰吧。

「——說得也是呢。」

身為班級的一分子，日和也強烈地感受到了吧。

坂柳班很強。正因如此，落敗時會失去的東西也難以估量。

「抱歉，問了你這種事情。」

「無所謂。知道日和妳也會擔心自己的班級，我很高興。」

我如此告訴她，於是她有一點難為情地害羞起來。

「我們不同班，又是競爭對手的關係。但是……我們一定要一起畢業喔。」

日和難得地飛奔起來，跑到我前面。

然後她就那樣一臉難為情似的轉過頭來，這麼告訴我。

不知道是哪個班級會在A班迎向畢業。

不過就算這樣，也未必一定要與其他班級互相仇視、憎恨。

無論是在C班畢業或在D班畢業，都想與朋友、摯友、戀人一起面帶笑容迎接畢業呢。

「嗯，是啊。」

我表示同意地如此回答後，日和看起來很高興地浮現柔和的笑容。

寒假即將結束。

吹起一陣冰冷的風。

接下來到月底為止，寒風會更加刺骨吧。

——然後第三學期即將到來。

後記

變成很溫暖的季節了呢（註：本篇後記所提到的季節皆為日本出版時的狀況）。這是當然的吧，我是衣笠。

我認為人有時會對各種事物產生興趣。不久之前開始做料理的我，一直在增加自己會做的菜色，為了做出好吃的料理不斷摸索嘗試，甚至還得意忘形地買了自己專用的菜刀。明明以前的興趣就只有看棒球賽而已。

即使到了這把年紀，也還是會萌生新的興趣呢——就在對這件事感到佩服的時候，我的興趣又發生了更進一步的異常變化……

為了買大型積木和布偶給長大的孩子，前往玩具店的機會必然會變多，在造訪玩具店時不小心產生興趣而拿起來的就是鐵道模型。雖然對電車一無所知，不過奇怪？只是讓它動起來就意外地有趣喔？這成了購買玩具的契機，我會收集軌道打造自創路線，讓車子並排行駛，還有購買能夠用遙控器操作的電車……除此之外還對迷你四驅車和NERF玩具槍、桌上遊戲等等也產生興趣……不行啊，好奇的事物實在太多了。

原本應該只是為了孩子才買的玩具，不知不覺間變成是買給自己玩的了。最近特別喜歡的是一種把寶特瓶的瓶蓋放進模型然後發射出去，叫做瓶蓋人的玩具。讓我回想起以前曾經瘋狂沉迷一種叫做彈珠超人（瓶蓋人的前身？）的玩具，忍不住開始蒐集。真要說的話，本來明明是個極簡主義者，幾乎沒有蒐集癖，沒想到現在卻演變成這樣……不過我覺得彈珠超人要好玩太多了，是因為已經變成大人了嗎？

雖然很想接觸從小就十分嚮往的樂高，但總覺得要是踏進這塊領域，可能真的會一發不可收拾，還無法踏出最後的一步。

誰來阻止我吧！（推我一把吧！）

好的。關於我的現況報告就先說到這邊，來聊一下關於作品的話題。

第二學期和寒假也終於結束，從下一集開始即將進入第三學期篇。

與變得算是長篇的第二學期不同，目前預估第三學期應該會和一年級篇的第三學期差不多，或是會以稍微少一點的集數劃上句點。

那麼請各位小心中暑等症狀來度過接下來的炎熱季節。
等天氣又變涼爽時再相會吧。

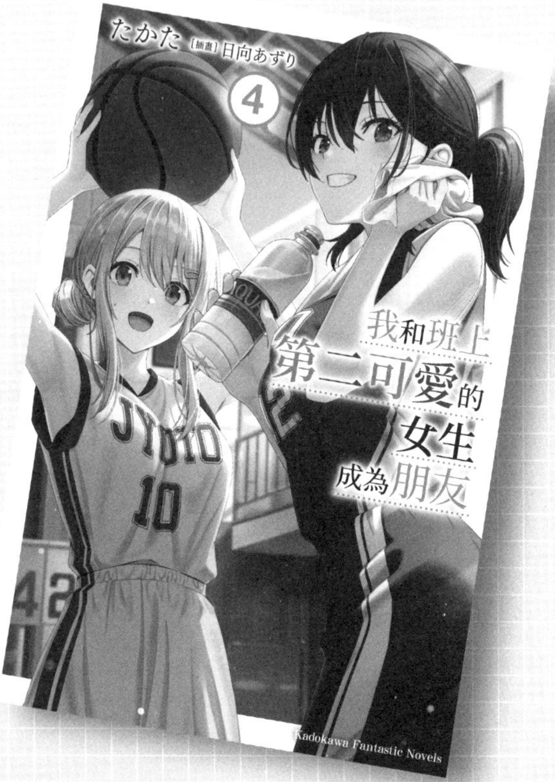

我和班上第二可愛的女生成為朋友 1~4 待續

Kadokawa Fantastic Novels

作者：たかた　插畫：日向あずり

大受歡迎的戀愛喜劇動畫化企畫進行中！
真樹與海迎接意想不到的二年級新生活！

儘管兩人被分到不同的班級，不過上學前仍然是真樹與海的寶貴相處時間。新的互動方式很新鮮，被海的新朋友視為「海的男朋友」，真樹的人際關係也有所拓展。在自己班上也有新的相遇……眾人之間既有合作也有碰撞。青春與戀愛萌芽的第四集！

各 **NT$250~270/HK$83~90**

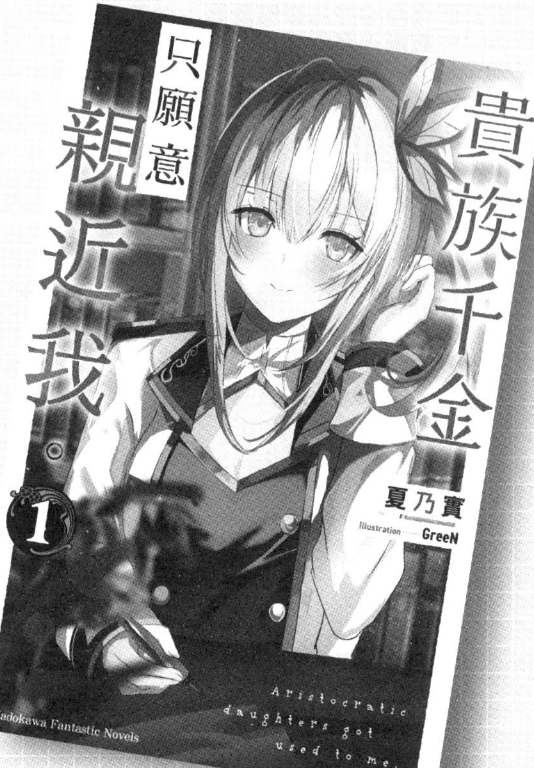

貴族千金只願意親近我。 1 待續

作者：夏乃實　插畫：GreeN

與容貌秀麗且品行高雅的淑女們關係漸漸加深——！
甜蜜的學園戀愛喜劇，就此揭開序幕！

儘管轉生到既富裕又傲慢的貴族家中，我還是留心自己的言行舉止不失現代人應有的風度，也毫不在乎身分差距地體貼對待身邊的人們，結果引得貴族千金露娜主動與我親近。除了她以外，我在貴族學園生活中，還遇到了其他千金小姐和侍女……

NT$260/HK$87

惡魔紋章 1 待續

作者：川原 礫　插畫：堀口悠紀子

《SAO刀劍神域》、《加速世界》後的完全新作！
在遊戲與現實融合的新世界挑戰複合實境的死亡遊戲!!

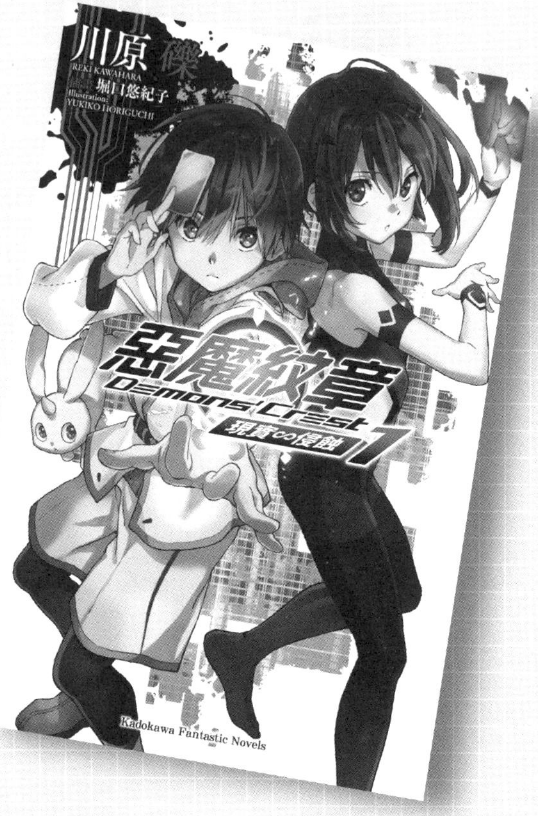

蘆原佑馬在玩VRMMORPG「Actual Magic」時，一腳踏進了遊戲與現實融合的「新世界」。當佑馬無法理解事態而陷入混亂時，出現在他眼前的是班上最漂亮的美少女——綿卷澄香。但是她的容貌看起來就跟遊戲裡的「怪物」沒有兩樣……

NT$240/HK$80

續・魔法科高中的劣等生

魔法人聯社 1~7 待續

作者：佐島 勤　插畫：石田可奈

IPU出兵到西藏向大亞聯盟宣戰！
世界危機迫在眉睫，達也的下一步棋是？

世界情勢即將大幅變化。IPU出兵到西藏，向大亞聯盟宣戰。同時日本國內也有動作，正以軍方為中心策劃派遣達也加入文民監視團。然而四夜家卻不准許達也出國。另外，大亞聯盟也繼續計畫暗殺達也，第一步就是悄悄接近一条將輝的某個人影——

各 **NT$200~220/HK$67~73**

國家圖書館出版品預行編目資料

歡迎來到實力至上主義的教室. 2年級篇(9.5)/衣笠彰梧作；一杞譯. -- 初版. -- 臺北市：臺灣角川股份有限公司, 2024.06

面；　公分. -- (Kadokawa fantastic novels)

譯自：ようこそ実力至上主義の教室へ 2年生編(9.5)

ISBN 978-626-400-091-8(平裝)

861.57　　　　113005018

Kadokawa
Fantastic
Novels

歡迎來到實力至上主義的教室 2年級篇 9.5

（原著名：ようこそ実力至上主義の教室へ 2年生編 9.5）

2024年7月25日　初版第1刷發行

作　　者：衣笠彰梧
插　　畫：トモセシュンサク
譯　　者：一杞

發 行 人：台灣角川股份有限公司
總 編 監：呂慧君
總 編 輯：蔡佩芬
主　　編：林秀儒
編　　輯：楊芫青
設計指導：陳晞叡
美術設計：宋芳茹
印　　務：李明修（主任）、張加恩（主任）、張凱棋、潘尚琪

發 行 所：台灣角川股份有限公司
地　　址：104台北市中山區松江路223號3樓
電　　話：（02）2515-3000
傳　　真：（02）2515-0033
網　　址：www.kadokawa.com.tw
劃撥帳戶：台灣角川股份有限公司
劃撥帳號：19487412
法律顧問：有澤法律事務所
製　　版：巨茂科技印刷有限公司
ISBN：978-626-400-091-8
